Primera edición: Amazon, 2018
Más información: villarpinto.com

# BESTSELLERS CUENTOS

Miguel Ángel Villar Pinto

Índice

# LOS BOSQUES PERDIDOS

# El rey leñador

Krosiac el leñador tuvo un día que internarse más de lo acostumbrado en el bosque. Había recibido un pedido para el que, con el fin de satisfacerlo, iba a necesitar talar varios árboles de una especie muy rara y difícil de encontrar. Como se le había prometido una buena suma por ellos, y su situación económica era más bien precaria, sin pensarlo dos veces, aceptó.

Había partido por la mañana temprano y ahora que caía la noche sin haber hallado lo que buscaba, comenzaba a arrepentirse. En esta empresa, contando con la suerte a su favor, invertiría por lo menos dos días más: uno para talar, y otro para regresar. Empezó a pensar que no había sido tan buena idea como le había parecido al principio. En cinco días de trabajo corriente, hubiera ganado lo mismo que tras el término de esta aventura. No se habría cansado tanto ni tampoco correría el riesgo de perderse entre la frondosidad.

—¡Quién me mandaría a mí meterme en este berenjenal! —gruñó el leñador—. ¡Esperemos que al menos no olvide el camino de vuelta!

Mientras buscaba un refugio donde pernoctar, un cuervo negro como el manto de la noche, graznó. Luego, desde lo alto de una rama, se dirigió al leñador diciéndole:

—Aunque cien años pasen, el regalo de un malvado siempre cobra un precio elevado.

—¿Por qué dices eso? —preguntó intrigado Krosiac.

—¡Ten cuidado, leñador! —dio por toda respuesta el cuervo, quien, tras decir esto, levantó el vuelo y se alejó.

—¡Lo que me faltaba! —suspiró Krosiac—. Es de noche, estoy medio perdido y a los cuervos se les da por formular enigmas. ¿Qué más se puede pedir?

Siguió andando un trecho hasta que le pareció divisar una gruta, parcialmente cubierta por arbustos, en los pies de una pequeña colina.

—Ese será un buen lugar para descansar —se dijo Krosiac—, si es que dentro no se esconde ningún animal.

Así pues, se encaminó hacia allí con el hacha en la mano, preparado para enfrentarse a cualquier sorpresa que pudiera encontrarse, mas no fue precisamente una alimaña con lo que se topó. Allí dentro había un jergón de paja que, por su forma rectangular y tamaño, debía servir de cama, una roída mesa de madera vieja y un caldero al fuego sobre el hogar. Era evidente que la gruta estaba habitada por un ser humano.

Krosiac se adentró un poco más, pues el olor que desprendía aquello que se estaba cocinando lo inquietaba, pero antes de que pudiera acercarse lo suficiente, apareció desde lo profundo de la cueva una anciana que, con una nariz prominente y ganchuda, una verruga como una baya en la frente, además de una larga pelambrera grisácea y enmarañada, tenía un aspecto realmente desagradable.

—Pasa, joven, pasa... —dijo la vieja mientras tapaba la olla.

Krosiac avanzó con cierta cautela y curiosidad mientras se preguntaba qué podía estar haciendo una mujer de esa edad sola en lo profundo del bosque.

—¿Quién sois, anciana? —preguntó el leñador.

—Tengo muchos nombres y ninguno es fácil de pronunciar, así que creo que ambos nos entenderemos mejor si me llamas simplemente «anciana» —Krosiac, aunque sorprendido por la respuesta, asintió—. Y bien, joven, ¿qué te ha traído por aquí?

—Unos árboles que no logro encontrar —respondió el leñador resignado.

—Tal vez yo podría ayudarte —se ofreció la anciana—. ¿Tienen mucho valor para ti?

—No demasiado, la verdad... —reconoció Krosiac—. Lo tenían más ayer que hoy.

—Entonces, seguramente no valen la pena —señaló la anciana—, no al menos en comparación al ofrecimiento que quiero hacerte. —Krosiac se extrañó ante estas palabras, e iba a preguntar lo que estas significaban cuando la anciana se anticipó y siguió hablando—. ¿Sabes, joven?, últimamente no viene mucha gente por aquí, y cada vez me es más difícil hacerme con lo que necesito. Soy muy buena pagadora. Tal vez te interese hacer un trato conmigo.

—¡Claro...! —afirmó el leñador que, tras pensarlo brevemente, había dado por supuesta la petición—. Si me deja descansar aquí, le traeré lo que necesite de la ciudad.

—No, joven, no —negó la anciana—, creo que no me estás entendiendo. Puedo ofrecerte lo que quieras, a cambio de una cosa.

—¿Lo que quiera? —repitió Krosiac sin encontrar sentido a lo que se le estaba diciendo, a menos que...—. ¿Sois una bruja? —inquirió.

—Ahora vas por buen camino, pero no temas —intentó tranquilizarlo la anciana—. No tengo intención de hacerte daño.

—Mejor que así sea —le respondió el leñador levantando el hacha y asiéndola con fuerza.

—¿Qué es lo que te gustaría tener? —le preguntó la anciana sin inmutarse ante el ademán violento del hombre.

—¿A cambio de qué? —quiso saber Krosiac.

—De algo que te pediré dentro de mucho, mucho tiempo...

—Eso no me aclara nada —confesó el leñador.

No obtuvo respuesta, así que Krosiac se detuvo a reflexionar. Antes de articular palabra, se prometió controlar su impulsividad, que tan malos resultados solía traerle. De esta forma, recordó lo que le había dicho el cuervo. Ahora tenía todo su sentido. Lo que había pronunciado no era un enigma, sino una advertencia.

—¿Qué puede querer de mí, de un simple leñador? —se preguntó Krosiac—. Nada tengo que sea valioso, excepto… mi alma, que no está en venta —declaró con firmeza el leñador, a lo que siguió una sonora carcajada por parte de la anciana.

—Son las almas de los grandes hombres las que me interesan —le contestó ella—, y tú no te encuentras, ni de lejos, entre ellos. Puedes estar tranquilo. No seré yo quien te la pida.

Si no era eso, si conservaría su alma pese al pacto con la bruja, ¿qué podía perder entonces? Decidido a hacer honor a su promesa de ser prudente, estuvo dándole vueltas al asunto, pero no encontró nada de lo que no pudiera prescindir. Solo podía ganar. Era demasiado bueno como para ser verdad.

—Está bien. Os daré lo que me pidáis, pero recordad que no será mi alma —recalcó Krosiac.

—Bien sé lo que necesito, y nada tiene que ver con eso —ratificó la anciana satisfecha—. Y bien, ¿qué es lo quieres?

—Un reino próspero, y ser yo quien ostente la corona —pidió resuelto Krosiac.

—Nada más sencillo —le contestó la anciana—. Cerca de aquí hay un río. Síguelo y tendrás lo que has deseado. Hoy dormirás en la alcoba de un magnífico castillo.

Krosiac localizó pronto el río y, tal y como se lo había indicado la anciana, siguió su curso. Poco tuvo que andar hasta que divisó, a media legua de distancia, las sólidas almenas de un gran baluarte. Se puso en camino hacia allí con paso lento, no porque estuviera fatigado, sino porque un mar infinito de dudas lo asaltaban.

—¿Será este el reino que me prometió la bruja? ¿Y si no es así y me presento como el soberano? A menos que me tomen por un bufón, me ahorcarán, eso seguro. Tal vez debería esperar a ver la reacción del centinela, ¿pero aguardaría un monarca a que un soldado lo reconociera para pedir acceso a su fortaleza?

Y cuanto más profundizaba en estas y otras cuestiones de idéntica naturaleza, menos seguro se sentía. Ya cerca, pensó en volver atrás, pues por encima de todo, ¿cómo iba a fingir ser de la más alta nobleza, si no era más que un sencillo leñador? Pero justo cuando se detuvo, indeciso y vacilante, escuchó una voz que, desde lo alto de la muralla, rasgó el silencio de la noche:

—¡Atención! ¡Abrid la puerta al rey!

Al instante, el rastrillo comenzó a izarse, y Krosiac sintió pánico, pues imaginó a un centenar de caballeros saliendo al galope. Saldría muy mal parado si se encontraba en medio de su camino. Dio un paso atrás.

—¡Aprisa! ¡Debe estar muy débil! —advirtió la voz.

Varios guardias acudieron y, viendo a Krosiac pálido y rígido como un muerto, se apresuraron a sujetarlo por los brazos al tiempo que llamaban al médico.

Rápidamente fue conducido a unos aposentos que, ciertamente, bien podían ser los de un rey. Magníficas alfombras, bellos tapices, coloridas cortinas, enjoyados candiles, muebles de madera noble tallados con delicadeza, y un lecho de grandes proporciones cubierto por suaves y delicadas pieles, adornaban la estancia, que era enorme.

El médico le preguntó en varias ocasiones a Krosiac por su estado, pero este no contestó ni una sola vez. Tan impresionado estaba que, aunque se hubiera atrevido, no hubiera podido emitir sonido alguno. El silencio fue interpretado como un síntoma de desfallecimiento, por lo que el médico recomendó que se le sirvieran alimentos calientes, pero fáciles de digerir, y que luego lo dejaran descansar.

Así se hizo, y Krosiac llenó su estómago como nunca lo había hecho. Jamás había saboreado manjares como aquellos. Si en cierto momento prefirió no seguir comiendo, fue más bien por temor a llamar demasiado la atención que por falta de deseo.

En tan idílicas circunstancias, no tardó en conciliar el sueño, diciéndose que, pasara lo que pasara al día siguiente, lo vivido esa noche bien habría valido la pena.

A media mañana, Krosiac se despertó con una amplia sonrisa de felicidad dibujada en su rostro. Esa expresión lo acompañaría durante mucho tiempo, pues el médico, que lo visitó de nuevo y lo vio mejor, le dijo:

—Majestad, por vuestro bien os ruego que la próxima vez que vayáis de cacería, no os alejéis tanto de vuestro séquito. Nos habéis dado un buen susto.

Con esta recomendación, Krosiac aclaró todas las dudas que tenía. Era rey, y nada en su conducta en la noche anterior podía ser causa de sospecha pues, como el mismo médico indicó, había pasado varios días perdido en el bosque. No obstante, durante un tiempo se comportó con cautela, observando bien las reacciones de los demás ante él, pero una vez comprobó que nada de lo que decía o hacía extrañaba a nadie, se dedicó con entera libertad a disfrutar de su inmejorable situación. No sabía cómo lo había hecho, pero la bruja le había dado mucho más de lo que había imaginado.

De este modo transcurrieron varios años, en los que banquetes y fiestas se sucedieron sin cesar, y fácilmente ayudaron a Krosiac a olvidarse por completo de aquel encuentro en la gruta del bosque. Mas lo volvió a recordar cuando conoció a una hermosa dama, de la que se enamoró irremediablemente.

—¿Y si es ella lo que quiere la bruja? —se preguntaba Krosiac, muy a su pesar, cuando pensaba en pedirle la mano—. Me moriría de pena, y nada de lo que aquí tengo me serviría de consuelo. ¿Qué puedo hacer?

Pese a todo, Krosiac decidió arriesgarse, aunque esta decisión le causó más dolor que felicidad. Tanto sufrió en los días previos al enlace, y más aún durante la ceremonia, que pronto comenzó a circular el rumor de que el rey, sin necesidad de ello, había concertado un matrimonio de conveniencia. Pero lo peor es que, la que se convirtió en su esposa, también comenzó a creerlo, pues se mostraba muy distante con ella.

¡Cuántas veces le hubiera gustado a Krosiac poder confesarle su secreto! Pero no podía hacerlo. Había comprendido el alcance que podría llegar a tener su pacto con la bruja, y solo a él le correspondía llevar esa carga. Así que, cuanto más profundo era su amor, más pesado era su retraimiento. Cuando nació su primera hija, llegó incluso a recluirse en soledad durante un largo periodo de tiempo. No acudió a su bautizo, ni tampoco celebró su primer cumpleaños.

Nadie comprendía la anormal conducta del rey. Ni siquiera él mismo la entendía a veces. Lo único en lo que pensaba era en que, cuanto más amara algo, más lo codiciaría la bruja, y sería eso precisamente lo que vendría a reclamarle. Por ello, imponía duras pruebas a su corazón, intentando endurecerlo, amar sin amar. Creía que este era el único modo de evitar un triste desenlace.

En este estado de cosas, nació su segunda hija, y el temor de Krosiac aumentó. Rebeca era de carácter abierto y travieso, al contrario que su hermana mayor, seria y sosegada, por lo que a medida que fue creciendo, más le costaba al rey aguantar la explosión de felicidad que inflamaba su corazón cuando la oía jugar, corretear y reír por los pasillos. Irradiaba alegría a su alrededor, disipando la atmósfera fría y seca en la que había sido educada, y en la que su hermana, desgraciadamente, había quedado atrapada.

En medio de esta lucha interna entre el amor que sentía y la necesidad de minimizarlo, fueron pasando los años hasta que cierto día, un apuesto príncipe se presentó ante Krosiac para pedirle su bendición, ya que deseaba casarse con Rebeca. En el interior del rey se produjo una doble reacción, de consuelo y pesar, pues aunque ella estaría a salvo, también era cierto que la extrañaría demasiado.

Llegó el día señalado para la unión, y para sorpresa de todos, Krosiac se presentó.

—Suceda lo que suceda, no puedo perderme un día tan importante —se había dicho.

Esta determinación llenó de gozo a la risueña Rebeca, quien fue acompañada al altar por su padre, aunque a este le costó lo indecible hacerlo. Tenía la convicción de que la bruja aparecería en cualquier momento para detener la ceremonia y llevarse a su bienamada hija; y a esto temía por encima de todo.

Sin embargo, la boda transcurrió con tranquilidad. Krosiac suspiró aliviado cuando vio marchar a Rebeca con su marido en dirección a su nueva residencia.

—Por mucho que intenté evitarlo, te amé con todo mi corazón, hija mía —dijo Krosiac viendo perderse a la carroza en el camino—. Tal vez me haya equivocado. Perdóname.

Y tenía que ser así, ya que nada hasta ahora hubiera desgarrado más su vida que entregar a Rebeca a otras manos. Así pues, Krosiac intentó enmendar el mal que había causado y dejó fluir con libertad el cariño que profesaba por su esposa y primogénita, mas no le resultó sencillo: su carácter se había agriado.

A pesar de ello, su cambio de actitud se hizo patente, y buenos tiempos comenzaron a florecer otra vez en el castillo. El clima había variado ostensiblemente cuando la familia se vio de nuevo incrementada. Rebeca había dado a luz a una niña preciosa que, en brazos de su abuelo, recibió el nombre de Berisa bajo el agua del primer sacramento.

Berisa resultó ser igual que su madre, vital y alegre, y Krosiac se volcó con ella desde el primer momento. A ella le daría todo lo que le había negado al resto de su estirpe. En momentos puntuales sentía vértigo, ya que no había conseguido olvidarse del todo de la bruja, pero no se dejó arrastrar por sus divagaciones y disfrutó viendo hacerse mayor a su nieta.

No obstante, cuando Berisa cumplió diez años, una extraña enfermedad se adueñó de sus padres y de su tía. Poco después, los tres fallecieron. Triste fue enterrar a sus seres queridos, pero mayor fue la pena que experimentaba Krosiac al ver a su nieta desconsolada. Se dedicó a ella en cuerpo y alma, sin dejarla sola ni un instante, protegiéndola y animándola en todo momento. Ella era la última de sus descendientes, y lo más bello y preciado que tenía en el mundo.

Cierta mañana, cuando fue a buscar a la niña para desayunar, vio que no estaba en su cuarto. Le extrañó. «Quizá haya ido a la habitación de su abuela», pensó, pero comprobó que no era así. La buscó por los corredores, el patio, las torres, sin encontrar rastro alguno. Preguntó por ella a cortesanos, sirvientas y soldados, y todos le dijeron lo mismo:

—No la hemos visto.

Comenzó a gritar su nombre, cada vez más nervioso.

—¿Dónde estás, Berisa? ¡Berisa!

Inmediatamente se organizó una batida para registrar la fortaleza de arriba abajo, y acto seguido, las tierras de los alrededores, aunque sin mucha esperanza, puesto que el rastillo había permanecido bajado y el puente levadizo recogido toda la noche y la mañana, y era imposible que hubiera salido por sus propios medios.

No pudiendo creer lo que estaba pasando, Krosiac tomó sus armas y salió escoltado por la guarnición a toda velocidad hacia el lugar donde suponía que la encontraría, pero la gruta estaba vacía. Desesperado, dedicó el resto de sus días a buscar a su amada nieta, la única heredera de su linaje, sin la que toda su vida y esfuerzo carecían de sentido, pero nunca la encontró.

En su lecho de muerte, con abundantes lágrimas en los ojos, pronunció una frase incomprensible para los que velaban por él. Tras ello, exhaló su último aliento.

—¡Cuánta razón tenías, cuervo!

# La estatua y su pedestal

En una época muy lejana, existió una isla tan distante del mundo que solo se podía ver agua a su alrededor. En ella vivían unos hombres que siempre se estaban haciendo preguntas y muy pocas veces encontraban respuestas satisfactorias para ellas, lo que suponía un gran pesar ya que no se sentían seguros en ningún aspecto de la vida. Ante preguntas sin respuesta, la reacción común era un encogimiento de hombros.

Por eso cuando llegó Salbe, un hombre que tenía respuestas para todo, muchos fueron los que lo siguieron y encontraron la tranquilidad. En honor a este gran cambio fue levantada, de espalda a una de las playas, una enorme estatua en cuyo pedestal se escribió:

Quien llegue a este lugar, que dé la vuelta.
Nada más existe tras él.

Esta afirmación era un símbolo de la nueva época que los habitantes estaban viviendo. Nadie dudaba, ya nadie se preguntaba, y todos se sentían protegidos por la verdad, todos excepto unos pocos. Estos se cuestionaban las palabras del pedestal preguntando:

—¿Cómo sabéis que es cierto?

Y obtenían por respuesta lo que Salbe había dicho:

—Solo tenéis que mirar. No hay más que agua.

Así pues, al cabo de unos años, aquellos que no se convencieron fueron apartados de la comunidad, pues se les consideró perjudiciales para el equilibrio de la convivencia. Fueron conducidos hasta lo más profundo del bosque en el interior de la isla y se les prohibió regresar a la costa.

Allí vivieron durante un tiempo, aislados de los que habían sido hasta entonces amigos, compañeros y vecinos suyos. Al principio, se lamentaron de la situación, pero con el paso de los años se resignaron y continuaron sus vidas con independencia de la gente que habitaba la costa.

Construyeron chozas de madera que poco a poco se fueron transformando en cómodas y confortables cabañas; cultivaron las tierras que la tala de árboles, usados para el levantamiento de los hogares, había despejado; y también descubrieron que el agua del río, que pasaba justo al lado del lugar en el que se habían instalado, era más cálida que en la desembocadura, por lo que bañarse era mucho más agradable, y pronto esto se convirtió en un divertimento muy popular.

De este modo, pese a las circunstancias iniciales que los habían conducido al sitio, se encontraban a gusto. Sin embargo, solo vivieron allí un tiempo. Cierto día sucedió algo extraordinario que los empujó a abandonarlo.

Anochecía y, bajo la luz de las hogueras que comenzaban a encenderse, otro fuego los perturbó. En lo alto de la montaña que dominaba la isla, una gran brasa gigantesca salió despedida desde la cumbre. Tras ella vino otra y otra más, acompañadas de un fuerte temblor de tierra. Los habitantes del bosque contemplaron aterrorizados aquel nuevo enigma que el mundo les deparaba. Y de repente, el silencio.

Nada más sucedió aquella noche, pero fue suficiente para que se mantuvieran en vela. Al día siguiente, las preguntas que se hicieron fueron tantas que, por unanimidad, decidieron ir a averiguar qué sucedía en la montaña. De esta forma, tras haberse aprovisionado, iniciaron un viaje hacia el corazón de la isla. Atravesaron la espesura y comenzaron el ascenso de la montaña. Con gran horror descubrieron al llegar a la cúspide que el interior de aquella no estaba formado por roca, sino por un líquido rojo y ardiente que, aunque lentamente, ascendía desde el fondo.

—¡Hemos de avisar a los de la costa y abandonar la isla! —dijo uno de los habitantes del bosque—. Si esto, sea lo que sea, llega a salir de la montaña, ¡arrasará con todo!

Nadie puso objeción alguna. Rápidamente descendieron y emprendieron camino hacia las playas. Al llegar a ellas, fueron recibidos con lanzas amenazantes, y se les advirtió que continuar allí podría suponer la muerte. Sin embargo, los que habían habitado en el bosque, sabiendo lo que sabían, solo deseaban comunicárselo a quienes habían compartido con ellos sus vidas durante la mayor parte de las mismas.

—¡Un gran peligro se acerca! —exclamaron.

—¡Un líquido destructor bajará de la montaña y nos matará a todos!

Tal era su convicción, y tanto el griterío, que los guardias empezaron a dudar y, por mucho que los incomodase, a preguntarse qué significaría aquello que los ya considerados extranjeros decían.

—¡Informad a Salbe! —ordenó finalmente uno de los centinelas.

Al cabo de un rato, este se presentó. Vio en un gran estado de intranquilidad a los guardias, así que se dirigió a los extranjeros con palabras poco amables.

—¿Hasta cuándo vais a estar perturbando nuestra paz? —les dijo.

En respuesta, los habitantes del bosque le hablaron de todo lo que habían visto y de lo que suponían que iba a pasar, palabras que acrecentaron la agitación de los centinelas y también de la gente que se había congregado alrededor. Salbe, imperturbable, habló del siguiente modo:

—También contemplamos lo mismo que vosotros hace unos días, y la explicación para ello es que el dios de la montaña está vivo, y demanda ofrendas que ya están siendo preparadas para agradarlo. Además, habéis venido a corroborar la verdad de su existencia, pues igual que por nuestros cuerpos corre sangre que nos da la vida, en él también la suya. ¿Qué mejor prueba que esto para estar seguros?

Y ante la explicación, todos menos los de siempre se vieron deslumbrados por Salbe. Los que habían dudado se sentían ahora mal consigo mismo.

—¡Regresad al bosque! —ordenó Salbe a los extranjeros.

—Al menos danos una oportunidad —intervino uno de estos.

Salbe le dirigió una mirada interrogante, ante la cual intervino otro de ellos.

—Hemos observado que la madera flota en el mar, y tenemos intención de amarrar unos árboles con otros para abandonar la isla. Permítenos quedarnos en la costa hasta entonces.

—Si hacéis eso, ¡moriréis ahogados! —exclamó uno de los seguidores de Salbe.

—Es nuestra elección —repuso otro extranjero.

Tras una breve deliberación, aquel decidió concederles lo que pedían.

—Pero con una condición —señaló—. No podréis moveros del emplazamiento donde está la estatua. Tal vez así entréis en razón.

Mas esto no dio el fruto que Salbe esperaba, pues los que habían venido desde los bosques eran obstinados y no abandonaban sus ideas, aun a pesar de que las semanas pasaban y nada sucedía. La mayor parte de los habitantes de la costa comenzaron a burlarse de ellos.

—¿Cuándo os vais a convencer? —decían unos.

—¿No veis que el dios de la montaña ya ha sido aplacado? —decían otros.

Pero los que habían subido hasta la cumbre solo tenían en sus mentes la imagen del horror contemplado, y día tras día trabajaban con el único fin de echarse a la mar, pensando que cada momento perdido podría ser irrecuperable.

Al fin, después de un trabajo descomunal que era ridiculizado constantemente por los seguidores de Salbe, partieron sin rumbo a lo desconocido.

Cuando estaban ya lejos, vieron cómo, tras una gran explosión, la montaña arrojaba una monstruosa cantidad de líquido rojizo que devoró las ofrendas, destruyó la isla y, con ella también, la estatua y su pedestal.

# Tonelcillo

Había una vez un niño tan pobre, tan pobre, que ni casa tenía. El único lugar al que podía acudir para descansar era un viejo tonel abandonado. Por eso la gente lo llamaba Tonelcillo. Pero Tonelcillo no era infeliz por vivir de esta forma, sino porque veía el contraste existente entre él y el resto de los niños con sus ropas limpias, sus juguetes y libros para la escuela, todos ellos acompañados por sus padres. Él estaba solo, nada tenía, y esto le hacía sentir que no formaba parte del mundo en el que vivía. Era esto y nada más que esto, lo que lo hacía desdichado, por lo que un día se dijo:

—Tal vez en un sitio distinto, otros vivan como yo, y si es así y los encuentro, me quedaré con ellos y seré feliz.

Sin embargo, a la hora de acometer esta iniciativa, se encontró con un problema. Necesitaba el tonel para guarecerse, pero pesaba demasiado como para cargar con él. Se dijo que esto no podía detenerlo y estuvo cavilando hasta que finalmente encontró una solución. Añadió dos barras, una en la base del mismo y otra en la tapa, y una vez hubo atado estas a una cuerda que ciñó a su cintura, echó a andar como un caracol con su casa a cuestas, y salió del pueblo en el que había nacido.

Se internó en el bosque y caminó y caminó hasta que empezó a sentir hambre. Entonces se detuvo y cayó en la cuenta de que no tenía nada para comer. Mas Tonelcillo, que en compensación a su desamparo tenía una mente despierta, había observado que los pájaros picoteaban ciertos frutos y evitaban otros, por lo que supuso que unos eran comestibles y los otros no. De esta forma, tomó uno de aquellos y, tras romper la dura cáscara que lo recubría con una piedra, lo probó.

—¡Qué rico! —exclamó Tonelcillo relamiéndose. El fruto era dulce y delicioso.

Después de haber saciado su apetito y haber guardado unos cuantos frutos más en el tonel para el viaje, se puso en movimiento y continuó avanzando hasta que, al término de una semana, llegó a los lindes del bosque.

Ante sus ojos, se abría una extensa llanura en cuyo centro había un pequeño pueblo rodeado por tierras de cultivo. De camino al lugar, se encontró con un campesino. Estaba removiendo la tierra con una azada. Tonelcillo lo saludó, y el hombre, tras corresponder y secarse el sudor de la frente, cesó su actividad por un momento.

Tonelcillo le preguntó si sabía de algún lugar donde la gente viviera en toneles, pero el labrador, con cara de asombro, le contestó que nunca había oído cosa parecida.

—Lo siento, muchacho —le dijo al ver que su respuesta había entristecido a Tonelcillo.

—No importa —le respondió este—. Seguiré buscando.

Tonelcillo iba a emprender de nuevo la marcha cuando el labrador, que era un buen hombre, lo detuvo.

—Espera —le dijo—. ¿Tienes pensado ir muy lejos para encontrar lo que buscas?

—Hasta donde sea necesario —le contestó Tonelcillo.

—Entonces necesitarás provisiones —le indicó el campesino. Tonelcillo asintió, pues solo le quedaba un fruto—. Lo cierto es que voy retrasado con mi trabajo y por ello quiero quedarme aquí toda la tarde, así que si fueras tan amable de ir a mi casa, aquella de allí —le señaló—, la que está pintada de verde, y traerme comida, a cambio te daría alimentos para una semana. ¿Qué me dices? ¿Te parece un buen trato?

—Sí, señor —le respondió entusiasmado Tonelcillo.

De esta forma, fue hasta la casa indicada, llamó a la puerta y lo recibió la esposa del labrador quien, tras hablar con Tonelcillo, le entregó varias gruesas rebanadas de un alimento, llamado «pan», que al niño le pareció muy raro, pues no existía en el pueblo de donde venía. Se preguntó qué sabor tendría. Recorrió la distancia a la inversa, y cuando él y el campesino se pusieron a comer, Tonelcillo comprobó que era suculento.

Una vez acabaron de almorzar, Tonelcillo invitó al labrador a compartir el fruto que le quedaba. El hombre mostró cierto reparo, pues jamás lo había visto, pero como no quería ofender a Tonelcillo, lo cató. No tardó en preguntarle si tenía más.

—No —le respondió Tonelcillo—. Era el último que tenía.

—Lástima —se lamentó el labrador ya que, al parecer, le había encantado.

Tras darles las gracias al campesino y a su esposa por el buen trato que le habían dispensado, Tonelcillo dejó atrás el pueblecito y las tierras de labradío, cruzó la llanura y se topó con unas impresionantes montañas.

—Quizás aquí tenga más suerte —se dijo esperanzado.

Animado por esta ilusión, ascendió por la elevación hasta que se topó con un grupo de hombres. También a ellos les preguntó si conocían algún sitio donde la gente viviera en toneles, pero de igual modo reaccionaron y contestaron. Sorprendidos, afirmaron que nunca habían oído nada sobre esta cuestión. Aun así, invitaron a comer a Tonelcillo. Con ellos descubrió un nuevo alimento: el «queso».

Nada más saborearlo, creyó que este haría buenas migas junto al pan, por lo que sacó del tonel el que le quedaba, y lo partió en trozos. Los montañeses, que desconocían este producto, se entusiasmaron con él. Tanto les gustó que, para agradecerle a Tonelcillo el habérselo descubierto, le regalaron varios quesos, con los que pudo continuar su búsqueda sin preocuparse por la comida.

Mas llegó el momento en que el camino llegaba a su fin, ya que Tonelcillo llegó frente al mar. Se sintió temeroso y un poco mareado, pues nunca había contemplado tanta agua junta. Preguntó a los que allí moraban si dormían en toneles, pero tampoco ellos tenían esa costumbre.

De esta forma, después de haber estado en tantos lugares distintos, Tonelcillo supo que nunca encontraría a esa gente que buscaba; nadie más que él vivía en un tonel. Pero lejos de encontrarse triste, pensó que esta búsqueda le había servido para descubrir algo muy importante. Había advertido que las mercancías que trasladaba de un sitio a otro siempre tenían una gran acogida, por lo que pensó que sería fácil canjear unas por otras y además obtener un beneficio de ello.

Así pues, se puso manos a la obra. Intercambió con los hombres que habitaban la costa queso por «pescado», y en menos de lo que había imaginado, tuvo que prescindir del tonel como medio de transporte.

Compró nada menos que dos bueyes con los beneficios que obtuvo en el viaje de vuelta. A ellos enganchó un invento que había diseñado basándose en su experiencia con el tonel. Consistía en una amplia, cuadrada y lisa superficie atravesada por una barra, en cuyos extremos había situado tapas de barriles reforzadas para aguantar el peso de lo que él llamó «carro». Con él podría transportar más cantidad de verduras, frutas, pan, queso y pescado, lo que lo llevaría a obtener ingresos mayores en menos tiempo.

Fue todo un acierto. Al cabo de unos pocos viajes, Tonelcillo pudo comprarse una casa. Pasados unos años en los que siguió prosperando como comerciante, conoció a una mujer maravillosa, se casó con ella y fundó una familia.

Y así fue como Tonelcillo, el primer gran mercader de la historia, encontró su sitio en el mundo.

# Dindán

En medio de Miriamú, un bosque muy profundo y antiguo, secreto y escondido, han vivido y viven siempre unos hombrecillos verdes y diminutos llamados drumdels. Son parientes muy cercanos de los duendes, tanto que de hecho entre ellos no hacen distinciones, aunque lo cierto es que son bastante más esquivos que aquellos, y esta es la razón por la que muy pocos fuera del bosque viejo han oído hablar de ellos.

Sus casas se encuentran en el interior de los árboles más gruesos de Miriamú, unas debajo de otras. No necesitan escaleras para llegar a ellas porque pueden volar. Es una de sus cualidades mágicas, pero no la única. Cada uno de ellos tiene una habilidad especial, mas ninguna tanto como la de Dindán, el duende bailarín, quien todas las mañanas, al levantarse el alba, regresa a este bosque encantado tras pasar la noche de un lugar a otro a lo largo del mundo.

Volando y danzando entre las ramas se adentra entonando una misteriosa canción que habla de sí mismo y de la maravillosa magia de la que es capaz.

¡Dindán, el duende bailarín!
¡Dindán, tengo un sueño para ti!
¡Dindán, trae uno para mí!

El resto de los duendes, al oír su tarareo, se desperezan, pues con su vuelta saben que comienza un nuevo día. Los más remolones todavía aprovechan para dormir un ratito más, pero no demasiado porque hay mucho que hacer. Así, un poco después, los últimos rezagados saltan de sus camas y se disponen a reunirse con los demás.

Todos, sin falta, salen de sus huecos procurando hacer el mínimo ruido para no molestar a Dindán, que a esta hora ya ha dejado de cantar y bailar para descansar.

Es de esta manera como empieza siempre la mañana en Miriamú.

Sin embargo, hubo un tiempo en el que se produjo una excepción y que tuvo muy preocupados a los drumdels.

Todo comenzó el día en el que estos se despertaron y vieron que era mediodía.

—¿Cómo es posible? —dijo uno de ellos extrañado.

—¿Nadie ha oído a Dindán? —preguntó otro.

Y ya se habían reunido todos para averiguar qué había sucedido cuando Fara, un hada muy amiga de él, y que solía esperarlo al amanecer en la entrada del bosque viejo, irrumpió llorando en el pueblo drumdel.

—¡Ayudadme! —gritó desesperada—. ¡Dindán ha caído! ¡Está muy débil y su piel se ha vuelto gris!

Y allá se fueron todos volando con la mayor de las prisas. No había un segundo que perder. Encontraron a Dindán en el suelo desfallecido y, entre todos, lo elevaron y lo condujeron a su casa. Lo metieron en la cama y estuvieron cuidando de él, esperando que, con la llegada del atardecer, recuperara las fuerzas.

Sin embargo, había pasado ya la medianoche y Dindán no solo no había mejorado, sino que parecía encontrarse mucho peor. El color grisáceo pálido de su piel se había oscurecido.

—¿Qué está pasando? —preguntó Fara con las lágrimas resbalándole por las mejillas—. ¿Se está...? ¿Se está muriendo?

En ese momento entró en la casa el más anciano de los drumdels, quien a su vez era el que más conocimientos tenía acerca de la mayoría de las cosas.

—Solo hay una explicación —dijo—. El mundo está dejando de soñar.

Y efectivamente, así debía ser porque Dindán encontraba la fuente de su vida y magia en los sueños, pues su alma había sido creada junto a ellos.

De esta forma, por las noches, mientras el mundo duerme, él va de una casa a otra bailando y canturreando su canción, llevando sueños alegres a aquellos que están tristes, de aventuras a los se encuentran aburridos, de grandes logros a quienes están preocupados...

Y nadie más que Dindán puede hacerlo, ya que es el único que comprende y entiende a los sueños, y estos solo se dejan llevar por él. Sin embargo, los sueños son muy delicados, apenas tienen unas horas de vida, y si no son entregados a tiempo o a la persona adecuada, se pierden y jamás se vuelven a recuperar porque dejan de existir. Y, sin sueños, Dindán no puede vivir.

—¿Qué vamos a hacer? —preguntó Fara muy preocupada.

—Por lo que yo sé —dijo el más anciano de los drumdels—, si los sueños no son llamados, no son soñados.

Todos los drumdels guardaron silencio, pues se pusieron muy tristes al escuchar estas palabras. Querían muchísimo a Dindán, pero no había nada que hacer. No era posible obligar al mundo a soñar y, por ello, se prepararon para asumir el final de uno de los duendes más alegres y risueños que jamás hayan existido.

Sin embargo, Fara se negaba a darse por vencida.

—¡Dindán! —exclamaba a su lado—. ¡Dime algo! ¿Qué podemos hacer?

Pero Dindán ya casi había abandonado por completo el mundo junto a los sueños, y no podía regresar.

—¡Ya sé! —exclamó Fara—. ¡Les daremos motivos para soñar!

Entonces Fara salió volando precipitadamente de la casa. Los drumdels, intrigados, la siguieron. Dejando atrás Miriamú, se adentraron en la primera ciudad que encontraron. Era un lugar frío, oscuro y gris, sin apenas plantas, árboles o flores que le dieran color.

—Muy diferente al bosque viejo —dijo un drumdel.

—No me extraña que los hombres no sueñen —indicó otro—. ¿Cómo van a hacerlo en medio de todo esto?

Pero Fara tenía un plan y lo puso en práctica. Entró en uno de los edificios rectangulares y, piso por piso, fue despertando a todos los vecinos. Los duendes la imitaron, y armaron un gran barullo por donde pasaron. Los hombres, al abrir los ojos, no podían creer lo que estaban viendo. Pequeños hombrecillos verdes les tiraban de las mantas, se ponían a brincar, danzar y bailar mientras un hada, brillando con luces multicolores, entonaba una canción que, por alguna extraña razón, reconocían, aunque ninguno recordaba haberla escuchado antes.

Repitieron esto por todos los rincones del mundo, y entonces los hombres, que no soñaban porque no recordaban cómo hacerlo, obsesionados como estaban siempre en conseguir objetos y más objetos sin vida, se olvidaron de estos al volverse a dormir y buscaron sueños que les hablaran de aventuras mágicas, de mundos fantásticos y de las infinitas e increíbles posibilidades de la imaginación, y Dindán recuperó así su vivo color verde y su sonrisa. Acudió de nuevo a traerles aquello que deseaban, bailando al tiempo que tarareaba su canción:

¡Dindán, el duende bailarín!
¡Dindán, tengo un sueño para ti!

¡Dindán, trae uno para mí!

Fue un buen final para un gran peligro, pues aunque los hombres lo ignoren, basta con que a los sueños se los desprecie una sola noche para que el mundo se vuelva totalmente gris.

# El problema de Gengar

Gengar tenía un problema muy grave. Al contrario que el resto de la gente que conocía, era incapaz de guardarse para sí lo que pensaba. Sin quererlo ni desearlo, por mucho que luchara por impedirlo, siempre acababa diciendo lo primero que se le pasaba por la cabeza. Esto le creaba muchas dificultades además de numerosos enfrentamientos con amigos y conocidos, y por ello Gengar maldecía su suerte.

Sin embargo, cierto día, supo que un monje muy sabio iba a pasar por su pueblo al día siguiente, lo que le hizo ponerse muy contento.

—Tal vez él conozca algún remedio para esto —se dijo esperanzado.

Así pues, estuvo esperando a que el monje pasara por el camino desde el amanecer, pero se hizo de noche y aquel no apareció. Iba a marcharse a su casa de malhumor cuando vio a un anciano a lo lejos.

—¿Será él? —se preguntó con nerviosismo Gengar. Una vez lo tuvo cerca, intentó averiguarlo—. Disculpe, pero es usted un monje, ¿verdad?

—Así es —le contestó este.

—Pues me ha hecho perder nada menos que un día —pensó y dijo Gengar muy a su pesar—. Lo siento, es que no puedo evitar decir lo que pienso. Estoy muy nervioso.

El anciano se detuvo y lo miró con extrañeza.

—¿Es eso cierto?

—¿Es usted un sabio o un necio? —le respondió Gengar—. ¿Es que no lo ve? ¿Le parece normal que una persona diga estas cosas sin más ni más? —Intentó tranquilizarse y añadió—: Lo siento, de veras que lo siento. Es que no puedo controlarme.

—Ya veo —se sorprendió el monje. Tras decir esto guardó silencio y se abstrajo, lo que dio lugar a nuevas imprecaciones por parte de Gengar. Quería solucionar su problema ya, inmediatamente—. Verás, estoy cansado del viaje —dijo después de un buen rato el anciano—, y viendo tu problema, he de decirte que no es algo que se pueda solucionar en un momento, así que, si te parece bien, mejor lo dejamos para mañana.

—No, no me parece bien —le contestó Gengar—. Llevo muchos años de tormento, y si puede hacer algo por mí…

—O aceptas que sea mañana —le cortó el anciano—, o de lo contrario tendrás que prescindir de mi ayuda.

—¡Maldita sea! ¡Si no me deja otra alternativa…!

—Hasta mañana entonces.

Gengar estaba impaciente y a causa de esto, le costó mucho conciliar el sueño. Finalmente, tras dar muchas vueltas en la cama, lo consiguió. El canto del gallo anunció la salida de un nuevo día y Gengar se apresuró a encontrarse con el anciano. Tuvo que esperar un buen rato hasta que lo vio aparecer.

—Sí que se lo ha tomado con calma —le indicó Gengar.

—Antes de nada —le contestó el anciano—, debes ser consciente de que me estás pidiendo un favor, por lo que deberías ser más cortés, ¿no es cierto?

—¡Qué vergüenza! —pensó y dijo Gengar, pues sabía que el monje tenía razón—. Lo siento, soy un maleducado.

—No puedo decir lo contrario, ni excusarte tampoco.

—Es que estoy desesperado.

—Si lo estás tanto como dices, bien podrías haberme ofrecido cobijo en tu casa, y así, en vez de esperar, hubiéramos tenido la oportunidad de conversar mientras cenábamos. Nos hubiéramos levantado a la misma hora y no habrías perdido un tiempo precioso, pues tengo que continuar mi camino y no puedo detenerme más tiempo aquí. Vengo a despedirme.

—¡Iré con usted si puede curarme! Por favor…

El anciano le dirigió una mirada poco afable, pero aun así le contestó:

—De acuerdo. Pero antes me tienes que prometer que harás todo lo que yo diga.

—Lo prometo.

—Muy bien. Ve a tu casa, coge lo que creas necesario para un largo viaje a pie y alcánzame.

Gengar corrió a su casa, tomó un par de sandalias y una muda de ropa que introdujo en una bolsa de cuero, llenó un zurrón de monedas, y siguió los pasos del monje tan rápido como pudo. No había ido muy lejos.

—En primer lugar, debes aprender a hablar con corrección —le indicó este en cuanto Gengar se situó a su vera.

—¿Y eso qué diablos importa?

—Es crucial, y más en tu caso. Se puede decir lo mismo de muchas maneras distintas, y cada una causará un efecto diferente en función del modo en que se diga. Para que te hagas una idea, lo que acabas de decir: «¿Y eso qué diablos importa?», me obliga a contestarte que o acatas tu promesa sin rechistar, o tendrás que volver por donde has venido. En cambio, si hubieras dicho, por ejemplo: «Disculpe, anciano, sé que tiene intención de ayudarme, pero no acabo de entender qué tiene que ver esto con mi problema», te hubiera dado otra respuesta más explicativa y conciliadora. Aprecias el contraste, ¿verdad?

—Quizás no merezca su ayuda —se entristeció Gengar, pues pensó y dijo—: He obrado mal con usted desde que lo conocí.

—Ya veremos.

De esta forma, Gengar fue instruido por el monje y, al cabo de varios años, aprendió a manejar el lenguaje con precisión. La primera de las etapas que había marcado el anciano para ayudarlo había concluido satisfactoriamente.

—Lo siguiente en lo que has de centrarte es en aceptar las diferencias existentes entre tú y los demás sin emitir juicios de valor.

—Venerable anciano, mucho me ha ayudado hasta ahora, y sus consejos han sido muy beneficiosos para mí, pero no comprendo por qué esto es necesario.

—Porque cuando lo logres, te darás cuenta de que nadie se verá ofendido por tus palabras, ya que no juzgarás a las personas, sino que intentarás comprenderlas.

—Entonces, ¿es algo así como una medida provisional mientras el problema no desaparece?

—Algo así…

Una vez el monje hubo comprobado que Gengar había entendido esta segunda pauta, le comunicó la tercera:

—Debes dejar a un lado el egoísmo y volcarte con los demás cuando necesiten de ti.

Pero Gengar le contestó:

—No preciso asimilarlo, maestro, pues ya lo he interiorizado. Ha sido usted, con su ejemplo, el que me lo ha mostrado.

—Muy bien. Entonces, lo último que debes aprender es a ponerte en el lugar del otro. Cuando lo consigas, el problema desaparecerá.

Inmerso en esta cuestión, Gengar continuó al lado del anciano, hasta que cierto día, llegando a un pueblo, pasaron por delante de un hombre afligido. Contra lo que esperaba Gengar, el monje no se interesó por él, sino que continuó andando. Esto le chocó enormemente, pues era la primera vez que veía al anciano dejar a un lado a alguien que, en apariencia, estaba necesitado. El monje, que escuchó lo que Gengar pensaba y decía, no le respondió, pero al cabo de un trecho le dijo:

—Ya estás curado.

—Con todos los respetos que le debo, he de contradecirlo. Sigo teniendo el mismo problema.

—Ya no. Ahora lo que tienes es una virtud que tendrás que cultivar, pero sin mí.

—No creo que pueda.

—Sí que puedes. Te lo demostraré. ¿Recuerdas al hombre que acabamos de dejar atrás?

—Sí.

—Bien. Te vas a acercar a él y le vas a preguntar qué le sucede.

—¡No, no, no...! —dijo Gengar con nerviosismo—. Es evidente que se encuentra mal y no quiero molestarlo con ninguna de mis impertinencias.

—¡Vamos, ve!

Pese a su temor, se acercó a él e hizo lo que el anciano le había pedido:

—Soy muy desgraciado —le respondió el hombre—. Un incendio ha quemado mi granero con toda la cosecha recogida en su interior, y no sé cómo voy a alimentar a mi familia.

—Es una situación complicada —pensó y dijo Gengar—, ciertamente, mas siempre hay una solución para todo.

—¿Usted cree? —preguntó con cierta expectación el hombre.

—Claro. Seguro que alguno de sus vecinos ha recogido una cosecha estupenda este año, ya que las lluvias han sido regulares en invierno y el sol ha calentado los campos en primavera.

—Así es, pero no comprendo…

—Pues bien, es sencillo. Pídale una parte de la misma y dele algo a cambio.

—No tengo nada. ¿Qué voy a ofrecerle…?

—Pues…, por ejemplo, prométale devolverle el doble al año siguiente. Sin duda, será muy duro para usted y su familia cumplir el trato, pero no morirán de hambre mientras tanto.

—Va a ser muy difícil negociar con esa oferta. Nunca se sabe lo que puede pasar en tanto tiempo.

—Entonces, quizás pueda prestarle ayuda en alguna labor que tenga que llevar a cabo. Trabaje para él.

—Ahora que lo dice… —señaló el labrador más tranquilo—. Sí, es una buena idea. Uno de ellos me había comentado que necesitaba un pastor, y yo, cuando era niño, cuidaba de las ovejas de mi abuelo. Tal vez… ¡Gracias, buen hombre, gracias!

Viendo alejarse al campesino, pensó y dijo Gengar:

—Estoy sorprendido.

—No es para menos —le confesó el anciano—. ¿Qué crees que habrías dicho antes?

—Es difícil a estas alturas, pero creo que me decantaría por: «¡Vaya llorón e idiota! ¡Mira que poner toda la cosecha junta en un mismo sitio!». Luego, seguramente, le pediría disculpas, pero…

—Pero pregúntate —le interrumpió el monje— por qué no le respondiste de ese modo.

—Porque supongo que no le hubiera servido de nada.

—¡Exacto! ¿Te das cuenta? El verdadero problema no estaba ni en tu mente ni en tu lengua, sino en tu corazón.

# Búho Grande

Comenzaba la primera mañana tras el invierno cuando, por las ramas de los árboles, se deslizaba el piar de unos recién nacidos. En lo alto de una de ellas, tres búhos acaban de venir al mundo. Parecían ser sanos y fuertes, pero uno de ellos era mucho más corpulento que sus hermanos y su apariencia bien distinta. Esa notable diferencia quedó marcada en el nombre que le fue puesto: «Búho Grande».

Al principio nadie en todo el bosque le dio mayor importancia, pero a medida que el tiempo fue transcurriendo, el contraste entre Búho Grande y su linaje se acrecentó tanto que nada parecía tener en común con él a excepción de las plumas, el pico y las garras. Como era más grande que cualquier otro animal del bosque donde vivía, nadie se atrevía a molestarlo con palabras, pero la mirada con la que todos lo observaban bastaba para hacerlo desdichado.

«Bicho raro, extraño, anormal», eran los pensamientos que todos callaban en sus bocas, pero que en sus ojos cobraban vida.

De este modo, fue creciendo Búho Grande, infeliz, hasta que llegó el día en el que, con alegría manifiesta, alcanzó la edad suficiente para ser considerado adulto. Ese mismo día vería cumplido su más grande deseo: ir de caza con su padre y sus dos hermanos. Así sucedió. Búho Grande se dirigió con ellos al corazón del bosque y, una vez allí, aquel comenzó a iniciar a sus retoños en la técnica de la cacería:

—Ahora, hijos míos —les dijo desde la rama de un árbol—, fijaos bien en cómo se ha de hacer para cazar ratones. Es importante que prestéis mucha atención porque, si no lo hacéis como yo, huirán. ¿De acuerdo?

—Sí, padre —le respondieron Búho Grande y sus dos hermanos.

—Bien. Entonces mirad debajo de aquella encina. ¿Veis a aquel ratón que está atareado en roer una bellota?

Sus tres hijos asintieron. Entonces, se lanzó al vuelo sorteando las numerosas hojas de los árboles, evitando el contacto con ellas para impedir que el ratón se percatase del peligro, y de este modo, logró un sigilo prodigioso que le permitió abalanzarse sobre la presa y atraparla limpiamente.

Las atentas miradas de sus hijos no habían perdido detalle, por lo que el primero de los hermanos de Búho Grande imitó a la perfección los movimientos y consiguió atrapar a otro ratón. El segundo de sus hermanos, que era un poco despistado, necesitó dos intentos para lograrlo, ya que la primera vez olvidó que no debía rozar las hojas de la floresta y el ratón escapó. Ya por último, le tocó el turno a Búho Grande, quien había memorizado con la mayor precisión hasta el más mínimo detalle.

No obstante, aun conociendo todo lo necesario para no errar, Búho Grande no consiguió atrapar a su presa ni a la primera, ni a la segunda, ni a la tercera vez. Muchas otras tentativas siguieron, pero Búho Grande seguía sin lograr captura alguna. Debido a la gran longitud de sus alas desplegadas, estas siempre rozaban las ramas, delatando su presencia al ratón.

—Volvamos a casa, hijo —le indicó su padre tras otros muchos intentos.

Búho Grande miró entonces a su progenitor y a sus hermanos. Vio en sus rostros una expresión de gran decepción. Se sintió muy apenado y dolido.

Herido en su orgullo, decidió no volver hasta que fuera un gran cazador y todos se sintieran orgullosos de él. Por ello, contestó de este modo:

—Id vosotros. Yo iré más tarde.

—Como quieras, hijo —le respondió su padre—, pero no te demores demasiado.

Una vez se hubo alejado su familia, Búho Grande continuó esforzándose en mejorar sus cualidades como cazador de ratones, incluso llegando a arrancarse muchas de las plumas de sus alas para recortar su tamaño, aun a pesar del terrible dolor que esto le producía.

La noche pasó y llegó el día, pero los resultados que Búho Grande había obtenido eran nulos. Todos sus intentos habían sido en vano, todos fracasaban. Sin poder soportar más esta situación, emprendió un vagar errante que al término de muchos días y noches, le condujo a los lindes del bosque.

Delante de él divisó una enorme y escarpada montaña, rodeada por una extensa planicie. Sin saber el porqué, Búho Grande sintió una inmensa alegría y alzó un vuelo radiante de júbilo. Sus largas alas, libres de ramas que le estorbasen, parecían ahora cobrar toda su utilidad.

Mientras se iba elevando más y más sobre los cielos, más libre y feliz se sentía. Sobre lo alto de la montaña se posó y allí, en la cima, sintió que aquel era su sitio. Sin embargo, pensando en su familia, Búho Grande se entristeció:

—Sí, aquí me siento bien pero, ¿ha de ser la soledad mi única compañera?

En ese instante, y sin que se percatara de ello, a causa de lo tan sumido que estaba en sus pensamientos, una preciosa águila descansó de su vuelo posándose al lado.

—Hola —le dijo esta sonriéndole.

Búho Grande miró entonces para quien le saludaba y se sorprendió. Había algo en ella que le resultaba familiar.

—Mi nombre es Eana. ¿Cuál es el tuyo? —le preguntó.

—Yo... —titubeó al responder Búho Grande—, yo soy Búho Grande.

Eana le sonrió con dulzura al tiempo que, en la mirada de los dos, se traslucía la llamada del amor.

—Es la primera vez que oigo a un águila llamarse búho —le dijo ella sin dejar de sonreírle.

En ese momento Búho Grande observó la esbelta figura de la preciosa Eana, luego reparó en la suya y, sí, se percató de que él había nacido como búho, pero siempre había sido un águila, un águila que sería conocida con el nombre de *Sunnara*, que tanto en la lengua de los búhos como en de las águilas significa: «El gran cazador de las montañas».

# La pregunta del emperador

En remotos tiempos, hubo un emperador que, a fuerza de combatir en los campos de batalla y dedicar su vida a la guerra, consiguió crear un gran imperio. Se había vuelto muy poderoso y rico, pues había conseguido unir bajo su mando territorios fértiles y desarrollados.

Se encontraba satisfecho con lo que había conseguido, y bien podía estarlo. Su espada había traído paz a unas tierras que, desde hacía mucho tiempo, no disfrutaban de ella, y las armas pronto dejaron paso a balanzas, monedas, carros y barcos llenos de mercancías. El comercio y la prosperidad comenzaban a germinar y el nivel de vida de los habitantes a aumentar. Las ciudades fueron embellecidas con monumentos, fuentes y jardines, en las casas nunca faltaban alimentos, sabrosos y variados, y los espectáculos, las artes y los entretenimientos alcanzaron una época de esplendor.

Así pues, el emperador se dijo que, pese a tener que haber luchado en innumerables ocasiones para hacer real este sueño, había merecido el esfuerzo. Ahora podía descansar y disfrutar de una época dorada. Mas no tardó mucho en descubrir que tanto tiempo planificando campañas, le había llevado a pagar un alto precio. No sabía hacer otra cosa, por lo que le era difícil ocupar su tiempo en algo que lo entretuviera. Era feliz ante sus logros, pero añoraba la agitación sentida en el fragor de la batalla.

Se encontró dividido entre estas dos emociones tan dispares, y pensó en ampliar sus dominios hacia el Este, pero encontró poco o nada dispuestos a sus generales, quienes añadieron que este era el sentir mayoritario de las tropas, como comprobó, efectivamente, a lo largo de las semanas siguientes, durante las cuales visitó varias guarniciones en la frontera del imperio.

De regreso a la capital, el emperador se mantuvo callado y meditabundo hasta que, a mitad de trayecto, se dirigió a su lugarteniente:

—Marcial, ¿cuál es el sentido de la vida?

—¿A qué os referís, mi señor? —le contestó extrañado.

—¿Crees que algo de lo que hacemos tiene algún significado?

El soldado, preocupado por el soberano, pues nunca lo había visto en este estado, intentó decir algo que pudiera animarlo, pero en su mundo solo existía el deber, la disciplina, la valentía y el honor, y supuso que el emperador, quien también contemplaba idénticos valores, pretendía ir más lejos. Eso se encontraba más allá de los límites conocidos por él, así que Marcial aceptó su ignorancia y respondió con sinceridad:

—No lo sé.

Tras ello, viendo desmontar a su señor, guardó silencio. La comitiva se detuvo mientras el emperador salía del camino y se aproximaba a un fino arroyo que discurría a pocos pasos. Se paró a contemplarlo.

—¡Qué distinto es de un lago! —se dijo al cabo de un rato—. Cuando el agua está quieta, muestra un reflejo; no tiene otra cosa que hacer. Pero cuando se ve inmersa en la corriente, no tiene tiempo para detenerse en banalidades. Está demasiado concentrada en sus propios asuntos. ¡Qué bello es el movimiento!

Esta reflexión lo hizo sumirse más en la melancolía, pues estaba seguro de que no lograría adaptarse a esta nueva etapa en su vida. Se sentía inútil, innecesario, prescindible. Hundido en estas tristes emociones, regresó con sus hombres, se situó sobre su montura y se giró hacia ellos notablemente abatido.

—Durante muchos años —les dijo— hemos combatido juntos, llorado por la pérdida de nuestros compañeros caídos, y celebrado las victorias. Pero ahora han llegado otros tiempos… ¿Alguno de vosotros sabe cuál es el sentido de la vida?

Ante tal pregunta, los soldados enmudecieron. Jamás se les habría pasado por la cabeza que algún día tendrían que replantearse esta cuestión, pues ¿acaso no estaba clara la respuesta?

—El de un hombre de armas, defender la patria —indicó uno de ellos con firmeza.

—Pero la patria en estos momentos no necesita acero, sino piedras para cubrir las calzadas —objetó el emperador—. Esa respuesta no me sirve. ¿Nadie tiene otra?

—Mi señor —interrumpió el incómodo silencio Marcial—, tal vez necesitéis descanso.

—No, mi fiel ayudante. Eso es precisamente lo que me da miedo.

De vuelta al palacio imperial, el soberano convocó a los sabios de mayor renombre y los invitó a descubrir el sentido de la vida. Unos le hablaron de la descendencia, del temor a los dioses, otros del amor, la amistad, el aprendizaje, la reflexión, la sabiduría... Sí, todos ellos eran asuntos de gran importancia, pero ninguno daba una respuesta definitiva a su pregunta. Solo eran fragmentos, partes de un todo incompleto.

El otoño regresó varias veces al tiempo que los debates ganaban en intensidad y profundidad pero, a los ojos del emperador, también perdían en eficacia. Cada vez estaba más convencido de que nadie podría darle la respuesta que necesitaba. Encajado en su trono, veía pasar los días, las semanas y los meses sin más cambio que el alcance de la tristeza en su corazón.

No obstante, de quien menos cabría esperarlo, llegó el fin a tanta penuria. En cierto momento, el emperador se decidió a aclarar una incógnita que le venía rondando desde hacía tiempo. El cocinero que preparaba los banquetes diarios y dirigía a los sirvientes, era un claro contraste frente a sí mismo.

—Cocinero, acércate un momento, haz el favor —le pidió el emperador—. He observado que todos los días, sin falta, te presentas con una sonrisa imborrable en tu rostro. No deja de extrañarme. ¿Nada te afecta?

—Claro que sí —le respondió aquel—, pero pronto pienso que vivo conforme a mí mismo y que hago lo que más me gusta hacer. Me siento muy dichoso de que así sea, y bendigo al cielo por ello.

—¿Y qué harías si no pudieras dedicarte a esto?

Ante la interrogación, vio el emperador por primera vez serio a aquel hombre menudo, mas no tardó en recuperar su sonrisa habitual.

—Me dedicaría al comercio de especies, al cultivo de productos, y elaboraría condimentos para las comidas. No estaría frente a la cocina, pero contribuiría al desarrollo del arte que en ella se practica. Pienso que también de esta manera sería feliz.

El emperador se quedó pensativo. Tantos años en compañía de sabios, y ahora un sirviente le descubría la clave a su pregunta.

—¿Cómo no lo he visto antes? —se preguntó el emperador. Al instante, le dio las gracias al cocinero, despidió a los sabios y mandó preparar su equipaje. Había sido la inacción la que lo había sumido en este estado decadente, y le iba a poner remedio.

En su viaje por el mundo, estudió las propiedades de los distintos metales y las aleaciones derivadas de ellos, leyó numerosos tratados sobre el arte de la guerra y tácticas de combate, y tomó lecciones de grandes maestros en las técnicas de lucha. Se refinó como estratega y creció como guerrero más allá del campo de batalla, pues su principal rival era ahora él mismo, y el enemigo a vencer, sus límites. De este modo, el emperador recuperó la ilusión por la vida.

Como el arroyo, volvía a estar en movimiento.

# Iberto y la mala suerte

En los lindes del bosque vivía un hombre llamado Iberto. Tenía un montón de problemas, hecho que no le sorprendía demasiado; estaba acostumbrado. Hasta donde alcanzaban sus recuerdos, siempre había sido así. Después de un revés, venía otro, y otro más. Era lo habitual.

No obstante, veía que sus vecinos, pese a tener también alguna que otra preocupación, no tenían tantas como él.

—¿Por qué será? —se preguntaba Iberto—. Trabajo tanto o más que ellos, cuido de mis propiedades como el mejor guardián, le dedico mi mayor esmero a todo lo que hago y, en pago, la vida lo único que me trae es dificultades y más dificultades. ¡Qué injusto es el mundo!

Pero Iberto tenía asumido que, por más que hiciera, no podría cambiar las circunstancias que la providencia había previsto para él, así que se resignaba y continuaba siendo fiel a sí mismo. Tal vez un día cambiara su suerte, y en ello confiaba.

Fue un día de primavera cuando creyó atisbar esa posibilidad. Se decía que un gran sabio iba a pasar por el lugar y que, en todos los sitios en los que había estado, había dado solución a una gran cantidad de problemas.

—Quizás él me pueda explicar por qué el destino me tortura de esta manera —reflexionó Iberto—. Tal vez todo esto tenga un significado.

Y con esta ilusión, esperó la llegada del sabio, la cual se produjo al cabo de unas semanas. Este escuchó a todos los lugareños que acudieron a él y, después de haber seguido las pautas que les había dado para solventar sus problemas, quedaron muy agradecidos. No parecía haber nada que el sabio no fuera capaz de remediar. Así pues, Iberto estaba muy emocionado, puesto que si había favorecido a los demás, lo más probable es que pudiera hacer lo mismo por él.

—Maestro —le dijo cuando al fin pudo atenderlo—, a lo largo de la vida he sufrido mucho y me gustaría saber la causa por la que el destino me pone en tantos aprietos.

—Normalmente, cuando esto sucede —le contestó—, se debe a la necesidad de aprender una enseñanza que no ha sido comprendida.

Pero Iberto, aunque había escuchado atentamente, se vio incapaz de entrever el significado de aquella respuesta, y así se lo comunicó al sabio.

—Indícame la fuente de alguno de tus problemas —le dijo este.

Y entonces Iberto le rogó que lo acompañara hasta su cabaña para que viera, con sus propios ojos, cómo se cebaba con él la desventura.

Una vez allí, Iberto le enseñó los árboles frutales del jardín. A simple vista, parecían haber sido plantados sin orden alguno y las ramas de los mismos se encontraban enmarañadas, de tal manera que se daban sombra unos a otros mientras quedaban muchos claros en los que tan solo crecían arbustos.

—Los árboles de mis vecinos se cargan de frutos —señaló Iberto—. Los míos, en cambio, apenas consiguen llenar una cesta. ¡Dígame que no es mala suerte!

—Todos los vegetales necesitan la luz del sol para desarrollarse correctamente —dijo el sabio—. Por ello, sería conveniente que trasplantaras los árboles más débiles a las zonas donde la tierra está baldía. Tampoco estaría de más que cortaras las ramas más finas en la época adecuada para cada especie.

Iberto sonrió al pensar en lo que se le estaba diciendo. Nadie, por muy sabio que fuera, podía serlo más que la naturaleza.

«Si los árboles han crecido así —se dijo—, es por algo. Los bosques se llenan de ellos y nadie ha ido allí a plantarlos. Desde luego, puede que para algunas cosas este hombre sea útil, pero difícil lo tendría si tuviera que dedicarse al cuidado de los árboles».

Mas no le dijo nada al sabio, no fuera a ser que se incomodase. De esta forma, lo condujo acto seguido al establo. Estaba tomado por la suciedad, y los cerdos que se hallaban en él se encontraban en un estado de limpieza lamentable.

—Cada vez viven menos tiempo —explicó Iberto—. También ellos son presa de la mala fortuna.

Entonces el sabio le explicó que, seguramente, la causa de esto se encontraba en que los animales estaban expuestos a infecciones y que, lo recomendable, era baldear el habitáculo. Aunque tampoco en esta ocasión dijo nada, Iberto pensó:

«Sabio será, pero es evidente que nunca ha cuidado animales. Todo el mundo sabe que a los cerdos les gusta revolcarse en la porquería».

A continuación, entraron en la cabaña y fueron hasta el dormitorio. Había decenas de hormigas recorriendo la habitación.

—Aparecieron esta mañana —indicó Iberto—, justo después de haber superado una plaga que tenía asolado el huerto. ¡Dígame que no es casualidad!

—De momento, solo hay unas cuantas —observó el sabio—, y por tanto el problema es subsanable.

Dicho esto, le pidió a Iberto una serie de plantas con las que elaboró un ungüento apestoso. Acto seguido, lo aplicó al marco de la puerta.

—Ahora —dijo el sabio—, están encerradas en la habitación. No podrán salir de aquí porque la puerta está protegida por un líquido que las repele, con lo que podemos buscar tranquilamente el punto desde el que entran.

Y cuando lo encontraron, el sabio vació el resto del ungüento sobre el agujero.

—¡Ya está! —exclamó el sabio satisfecho—. El hormiguero se irá a otro sitio. De todos modos, mañana volveré para comprobarlo.

Al día siguiente, como había prometido, el sabio se presentó en la cabaña de Iberto, y se llevó una gran sorpresa. Un enjambre de abejas entraba y salía de la casa.

—¿Qué ha pasado? —preguntó el sabio.

—Lo de siempre —contestó Iberto—, la mala suerte. Ayer, como no conseguía conciliar el sueño a causa del mal olor, lavé el dormitorio. Pero como ni con esas remitió, cogí un poco de miel de un panal y la traje a casa. Me encanta cómo huele, así que supuse que iba a tener un buen sueño. Sin embargo, he pasado una noche terrible. Me atacaron unas abejas asesinas, y las hormigas volvieron. Haga lo que haga, siempre me sale todo mal.

El sabio miró entonces incrédulo para Iberto, y una vez constató que no había hecho nada de lo que le había recomendado, le dijo:

—Deberías prestar más atención a tu alrededor y, sobre todo, aprender de los que saben más que tú. Este es el único consejo que puedo darte.

«¡Pues vaya un consejo! —pensó Iberto viendo marchar al sabio—. Decirme, entrado ya en años, ¡que tengo que aprender! ¡Debe estar de broma! Lo que sucede en realidad es que hasta los sabios se desesperan al ver tantos problemas. Sí, eso es lo que ha pasado. Se ha desesperado y se ha desentendido de mí. En fin, nadie permanece mucho tiempo junto a los desdichados».

Así pues, Iberto volvió a sus labores, pensando de nuevo en lo injusto que es el mundo, y aguardando que, algún día, la fortuna le mostrara una cara más amable. Después de haber mantenido una lucha titánica con los insectos, pisoteado a las hormigas y dado latigazos a las abejas, pasó el tiempo y las circunstancias adversas continuaron sucediéndose.

Murió asediado por los problemas, envidiando a los demás y maldiciendo a la vida que, en su opinión, tan mal le había tratado y tantas cosas le había negado. Nunca pensó que su forma de actuar tuviera algo que ver en ello.

# El pequeño Tinsú

Hace mucho tiempo, existió un pueblo encerrado entre montañas muy altas. Sus habitantes apenas podían subsistir; muy pocas de las semillas que plantaban germinaban, pues nada más que la lluvia las regaba.

En lo profundo de sus corazones, deseaban abandonar este lugar, dirigirse a las tierras fértiles de abajo, bañadas por ríos y lagos, pero el problema estaba en que para ello tendrían que atravesar un bosque espeso, en el que se cobijaban espantosas criaturas. Ninguno de los que se habían internado en él había regresado con vida para contarlo, así que, durante cientos de años, el sentir predominante entre los pueblerinos había sido el de la resignación. Estaban atrapados, y lo mejor era aceptarlo. Por ello, nunca hablaban de este asunto.

Este era el ambiente en el que vivió el pequeño Tinsú, un hombrecillo curioso, pues desde los cinco años había dejado de crecer. Por esta razón, sus padres se sentían muy tristes, ya que Tinsú no podía ayudarlos a cultivar, y como no tenían más hijos, eran muy pobres. Lo querían y nunca le faltó cariño, pero Tinsú sabía que, en el fondo, sus padres se sentían desgraciados.

—Algún día haré algo que los llenará de orgullo —se había prometido Tinsú ya desde muy joven.

Firme en este propósito, el pequeño Tinsú pasaba los días pensando, reflexionando, intentando descubrir algo importante. Fue así como un día, mientras meditaba, escuchó por casualidad el comentario de un anciano que, contemplando la ladera de una de las montañas, suspiró:

—¡Ojalá hubiera algún modo de llegar hasta ti!

Tinsú sabía que uno de los pasatiempos preferidos de los mayores era sentarse a admirar las tierras de abajo, pero como era un hecho tan cotidiano, tantas veces repetido, nunca le había dado importancia. Mas, al oír estas palabras, sintió una gran curiosidad.

—¿Por qué dice eso, señor? —le preguntó.

Fue en ese momento cuando Tinsú conoció la historia de su pueblo, y el deseo velado del que nadie hablaba. Tras escuchar con atención el relato del anciano, Tinsú se sentó a su lado y, en vez de dirigir su vista hacia donde los demás, la centró en la espesura.

Durante varias semanas hizo esto mismo, hasta que un atardecer sonrió y, acto seguido, echó a correr hacia su casa, en la que entró como un vendaval.

—¡Tinsú! —exclamó su madre—. ¿Qué te pasa?

—¡Ya lo tengo, madre! —dijo él alterado por la alegría—. ¡Ya lo tengo!

—Cálmate, Tinsú. A ver, ¿qué es lo que tienes?

—¡He encontrado el modo de llegar a las llanuras! ¡Excavaremos un túnel en la roca, y así atravesaremos el bosque sin peligro!

Ante la propuesta, sus padres no reaccionaron como él pensaba que lo harían. Se miraron, se pusieron serios y guardaron silencio.

—¿No os alegráis? —se extrañó Tinsú.

—Tinsú, ¿no has visto lo altas que son estas montañas? —dijo su padre—. Aunque dedicáramos todo nuestro empeño, no lograríamos hacer más que un diminuto agujero en ellas.

—Entonces, ¿no vais a ayudarme? —preguntó Tinsú desencantado.

Sus padres no supieron qué decirle, por lo que Tinsú subió corriendo a su habitación y se encerró en ella. A la mañana siguiente, tras coger un pico de la caja de herramientas de su padre, bajó y se sentó a la mesa.

—¿Aún sigues con esa idea? —le preguntó su madre preocupada.

Tinsú no contestó. Acabó de desayunar y se marchó.

—¡Pobre hijo mío! —exclamó la madre.

—No sufras, querida esposa —dijo el padre—. He pensado en ello y creo que esta es la manera que ha encontrado de sentirse útil. Ahora tiene una ilusión. Dejémoslo a su aire.

Tinsú, con el pico en la mano, explicó a la gente del pueblo su proyecto, pero no encontró apoyo alguno. Incluso un desaprensivo se rió de él.

—¡Además de canijo, bobo! —le dijo.

Mientras se encaminaba al emplazamiento que había elegido para empezar, oyó cómo reprendían al que había dicho esto, pero Tinsú estaba convencido de que aquel había pronunciado lo que otros callaban.

Pese a todo, Tinsú se mantuvo fiel a su propósito y no faltó ni una sola jornada al trabajo que se había impuesto. No siempre estuvo solo, ya que a los niños del pueblo les entusiasmaba la idea y colaboraban con él hasta que se hacían mayores. Poco a poco, esto se convirtió en una tradición entre los chiquillos del pueblo, aunque jamás contó con el beneplácito y mucho menos con el apoyo de los adultos. Pero sirvió para que, tras la muerte de Tinsú, el diminuto agujero que había excavado fuera agrandado y, al cabo de muchísimas generaciones de niños entusiastas, el final del túnel estuviera cercano.

Entonces sí, la gran mayoría de los pueblerinos adultos creyó que el disparate era en realidad una gran idea. Muchos de ellos se dedicaron a cavar, y una vez el túnel estuvo terminado, se vanagloriaron por su ingenio y voluntad. En lo que no pensaron es que, si hubieran trabajado con el mismo ahínco desde el principio, no hubieran tardado tanto. Pero esto es lo que pasa con las grandes ideas: pocos creen en ellas hasta que no se hacen evidentes.

# La princesa infeliz

El príncipe Eseo y la princesa Lida se conocieron en un baile en la corte imperial. Él era apuesto y atractivo, heredero de un próspero reino, y las princesas competían entre ellas con la esperanza de que las sacara a bailar. Mas Lida, que además de agraciada era astuta y atrevida, ideó un plan para ser ella la elegida. Les dijo a las demás que se veía con él en secreto y que, por tanto, solo podía pedirle a ella ser su pareja. Las damas, aunque dudaron de la veracidad de tal confesión, se encontraron confusas, y cuando Eseo habló con ellas, se mostraron más distantes de lo acostumbrado.

—¡Qué extraño! —pensó el príncipe—. La semana pasada, en el palacio de Kerak, eran todas muy amables conmigo, y hoy sucede todo lo contrario. No lo entiendo.

Lida aprovechó este desconcierto para acercarse a Eseo y entablar conversación con él. Estuvieron hablando un buen rato hasta que el príncipe, con una sonrisa, la invitó a bailar. Ella aceptó y ya no se separaron en toda la noche.

A partir de entonces, Eseo comenzó a frecuentar el castillo de la princesa, y pronto nació el amor entre ellos. Viajaron por múltiples lugares, tumbándose juntos en los preciosos campos de Melquisenet, visitando ciudades y pueblos, bañándose en las magníficas aguas de Ona y paseando por su larga orilla. Durante este tiempo comenzaron a intimar, y cuanto más sabían el uno del otro, más cerca se encontraban, pues se entendían a la perfección.

No obstante, pasado un año de alegres experiencias, una sombra se cernió sobre ellos. El padre de Lida debía ir a la guerra, ya que un rey rival le disputaba unas tierras bajo su jurisdicción. Desgraciadamente, se encontraba en inferioridad de condiciones y, por ello, la princesa estaba muy preocupada.

—No te inquietes —la consoló Eseo—. Yo os apoyaré.

De esta forma, el príncipe reunió a su ejército y luchó sin reservar ningún esfuerzo. Con su ayuda, el monarca enemigo fue expulsado. Sin embargo, la campaña había tenido un coste muy elevado. Eseo había descuidado sus fronteras y su reino fue invadido por un aliado de aquel al que había combatido. Se encontraba en una situación delicada, ya que difícilmente podría hacer frente a una nueva guerra. Le transmitió su preocupación a Lida, y ella guardó silencio.

Eseo partió, con la firme esperanza de solucionar este contratiempo cuanto antes para regresar en el menor tiempo posible junto a su amada. Sin embargo, el conflicto se agravó, y nadie apostaba ya por la victoria.

—Excepto Lida —pensó Eseo—. Ella me dará fuerzas para continuar.

Así pues, decidió visitarla para elevar su ánimo, ya que iba a necesitarlo en este trance final, pero cuando llegó al castillo de la princesa, se le comunicó que esta había ido a una fiesta del emperador invitada por el príncipe Benasar.

Al instante, Eseo sintió que se le desgarraba el corazón. Él estaba allí, a punto de perderlo todo, y ella iba a un baile acompañada de otro hombre. Esperó a que ella regresara, y entonces la acusó de traición.

Lida estalló en sollozos, mientras le preguntaba:

—¿Cómo eres capaz de pensar algo así?

Una vez se tranquilizó, Lida le explicó a Eseo que si había ido, había sido precisamente a causa de la tensión y sufrimiento a la que estaba sometida. Eseo la creyó, y se sintió apenado consigo mismo por haber reaccionado de este modo. Le pidió perdón, pero ella le contestó que necesitaba tiempo para pensar.

Eseo, con gran dolor, aceptó su decisión, y regresó al campo de batalla. No concilió el sueño en ninguna de las noches que tuvo que estar separado de ella. Finalmente, consiguió firmar una tregua durante unos días y, sin poder esperar más, volvió a hablar con Lida. Seguía necesitando más tiempo.

Ante la respuesta, el príncipe se detuvo a reflexionar.

—¿Por qué desconfié de ella? En realidad, algo no iba bien ya antes, pero ¿por qué?

Tras meditar acerca del asunto, Eseo cayó en la cuenta de que Lida le había comentado en más de una ocasión que parte de sus sueños era tener más tierras que sus padres, y un reino más poderoso. Había creído que Eseo se lo podría proporcionar, pero ahora era más bien un imposible. Entonces recordó que, cuando él le había comentado que su territorio estaba siendo invadido, ¡ella había guardado silencio!

En realidad, pensó Eseo, los celos le habían valido de excusa a Lida para romper la relación sin que pareciera que ella quería hacerlo. Si de verdad lo quisiera, le perdonaría una confusión que, por otra parte, y dadas las circunstancias, tampoco era exagerada.

Convencido de ello, Eseo se marchó tras anunciar la ruptura.

Lida, en cuanto recibió la noticia, se recogió en su alcoba, y las lágrimas inundaron sus ojos, pues amaba a Eseo. Mas también era cierto que, cuando conoció la delicada situación en la que él se encontraba, y de la que difícilmente podría salir, temió que le pidiera acompañarlo. De ningún modo quería acabar desposada con un hombre derrotado, teniendo quizás que trabajar la tierra, y eso se impuso a su corazón, mas no podía impedir sentir dolor.

La guerra fue dura y sangrienta. Murieron muchos hombres en cada bando, pero el arrojo contagioso de Eseo, quien se creció ante la adversidad, daba esperanza a sus tropas.

Entretanto, Lida pensó que lo mejor que podía hacer para olvidar a Eseo era encontrar a otro príncipe que la alegrara, y los hijos de los reyes comenzaron a visitar su palacio. No obstante, la princesa siempre los contrastaba con Eseo, y los pretendientes salían muy mal parados.

Unos eran más altos y fuertes, es cierto, pero no sabían expresarse del mismo modo, pues Eseo tenía alma de poeta. Otros sí tenían este don, pero no eran tan vigorosos y apasionados. Algunos reunían otras muchas cualidades atractivas, mas lo cierto era que ninguno la comprendía ni la amaba de la misma forma que él.

De esta manera, transcurrieron varios meses, al cabo de los cuales Eseo logró salir airoso del trance, y pudo erigirse con el triunfo. Al conocer tan excelente resultado, Lida no lo pensó dos veces y partió hacia el palacio del príncipe, pero cuando llegó y fue recibida por los reyes, estos le dijeron con honda tristeza:

—Eseo se ha ido, y nadie sabe a dónde.

Lida lo buscó por todas partes, pero sin éxito. Según parecía, se había apartado del mundo. La princesa, después de esto, intentó rehacer su vida, pero todas las relaciones que tuvo fracasaron y, con el tiempo, se sumió en una insondable melancolía.

Sus padres estaban muy preocupados por ella, así que, cierto día, le comentaron que existía un mago capaz de resolver graves problemas. Tenía un gran renombre. Incluso se decía que hasta el mismo emperador le consultaba asuntos de gran trascendencia.

—Ve a visitarlo —le aconsejó su madre—. No pierdes nada por intentarlo.

En un principio, Lida se negó. Empero, ante la insistencia constante por parte de los reyes, finalmente accedió.

La princesa se internó en el bosque y caminó por un sendero hasta una casa de madera, donde le habían indicado que vivía el mago. Entornó la puerta y vio a un hombre que, cubierto por una capucha y una túnica blancas, estaba sentado frente a una mesa. Parecía estar enfrascado en la redacción de algún tipo de documento, ya que en su mano tenía una pluma, la cual dejó a un lado al ver a la recién llegada. Con la otra mano invitó a Lida a sentarse frente a él.

—Me han dicho que es usted un sabio —dijo ella—, y si es así, tal vez pueda ayudarme. Verá, cuando era joven estuve profundamente enamorada de un hombre, pero lo dejé marchar y, desde entonces, a pesar de que muchos me han querido, nunca he vuelto a sentir lo mismo que con aquel. Lo que no dejo de preguntarme es por qué ninguno puede transmitirme esa misma intensidad.

El mago había escuchado en silencio, pero cuando se dirigió a Lida, esta creyó reconocer su voz.

—Porque hay que estar dispuesto a arriesgarlo todo por amor —le contestó—. Solo los que lo hacen lo encuentran, pues son los únicos que lo merecen.

—¡Eseo! —dijo ella con voz temblorosa—, ¿eres tú?

—Sí —le respondió él a la vez que se descubría. Lida reparó en que el príncipe apenas había envejecido. Todavía conservaba el ímpetu de la juventud en sus ojos castaños, los más bellos que había visto nunca.

—¡Cuántas veces he deseado volver a verte! —exclamó ella con manifiesta emoción—. Quería decirte que cometí un grave error del que me he arrepentido siempre. ¡Jamás he dejado de quererte!

—¿Sabes? —dijo él con entonación pausada—, si pudiera nacer de nuevo, escogería la misma vida —la princesa, al escuchar esto, se vio inundada de felicidad, pero no tardó en desvanecerse—, pues ha sido esta la que me ha conducido hasta mi mujer. Ella es el mayor tesoro que existe para mí sobre la tierra. Junto a ella he vivido, y estoy viviendo, más allá de los sueños.

En ese momento, entró en la casa una mujer muy hermosa y joven. Sonrió con ternura y le dio un cálido beso a Eseo, a la vez que acariciaba con suavidad su pelo. Él le dirigió una mirada tan luminosa como el mediodía, y tan cercana como el cuerpo del espíritu.

—¡Se respira tanto amor en esta casa! —pensó la princesa con envidia, mas se limitó a decir—: Ojalá hubiera vuelta atrás.

—Desde aquel día en el que guardaste silencio, nunca la hubo, ni nunca la habrá —respondió él.

Dicho esto, la princesa abandonó el lugar con abundantes lágrimas corriendo por sus mejillas. Era obvio que él había encontrado la felicidad, mientras ella era cada vez más desgraciada. Los años habían pasado y todavía no había hallado a nadie que le diera lo que anhelaba.

Jamás lo encontraría, pues lo que ella pretendía era revivir un recuerdo, y los recuerdos ya no están, se han ido, porque el tiempo los ha borrado. Así pues, en consecuencia a su decisión, Lida murió como había deseado, rodeada de lujo, acompañada, pero infeliz.

# Elisa y los animales del bosque

El puercoespín Rasperín estaba cansado de su vida cotidiana, por lo que un día decidió emprender un viaje con el fin de distraerse.

—Visitaré las fragas de Eriasir —se dijo—. He oído que son preciosas.

Así pues, tomó el camino hacia el sur y, andando con paso lento pero alegre, al cabo de una semana, llegó hasta el bosque vecino.

Allí se encontró con un caracol, una rana y un pavo real que mantenían una animada conversación. Rasperín se acercó a ellos.

—Buenos días —les dijo—. ¿Son estas las fragas de Eriasir?

El caracol, la rana y el pavo real se giraron y miraron para el puercoespín asombrados. Nunca habían visto a un animal con tal apariencia.

—Así es —respondió el pavo real.

—¡Estupendo! —exclamó Rasperín—. Estoy de vacaciones y quisiera ver el río y el gran lago. ¿Me pueden decir en qué dirección se encuentran?

—¡Pobre! —dijo el caracol mirando a sus compañeros—. ¡No sabe dónde se ha metido!

—¡Y además, con ese aspecto…! —añadió la rana.

—Sí. Como se encuentre con ella… —continuó el pavo real.

Rasperín, que no entendía nada, los interrumpió.

—Disculpen, pero ¿se puede saber de qué están hablando?

—De algo más peligroso que un lobo —respondió el caracol.

—Un lobo es poca cosa —señaló la rana—. Prefiero encontrarme antes con un oso que con ella…

Rasperín estaba cada vez más confuso e intranquilo. ¿A qué se referirían?

—Hablamos de una niña —explicó el pavo real—, tan devastadora como un huracán. Se llama Elisa. ¡Dios nos libre de tropezar con ella!

Dicho esto, el caracol, la rana y el pavo real se santiguaron ante la mirada perpleja del puercoespín. Razones no les faltaban para reaccionar de esta manera. Si hubieran tenido tiempo, cada uno le habría referido a Rasperín su terrible experiencia con Elisa.

El caracol le habría contado que una tarde, mientras paseaba cerca del río, tuvo la mala suerte de toparse con ella. Al parecer, el rastro húmedo que dejaba en el suelo, hizo pensar a la niña que se trataba de un pez, pues esta había dicho:

—¡Pobrecito! Alguien lo ha sacado del agua. Si no lo devuelvo rápido a ella, morirá.

Aun sin haber terminado de pronunciar estas palabras, lo había cogido del suelo y, antes de que pudiera darse cuenta, el caracol estaba volando hacia la superficie del río.

—¡Nada, pececillo, nada…! —le había oído decir mientras él se hundía en el agua.

—Menos mal que caí cerca de la orilla —habría dicho seguramente el caracol, ya que siempre que contaba esta historia, la terminaba del mismo modo—. Conseguí trepar por las raíces de un árbol, pero ¡casi me ahogo!

Si el caracol, la rana y el pavo real no se hubieran alarmado ante unos pasos cortos en la distancia, a continuación la rana habría comentado que Elisa, habiéndola oído croar, interpretó que se estaba ahogando, por lo que la sacó del estanque donde estaba, le dio la vuelta y le propinó unas fuertes palmadas hasta que casi perdió la respiración. Le costó tres semanas recuperarse de los golpes.

Por último, el pavo real habría explicado que a él lo confundió con un pollo, y como Elisa pensó que su larga cola tenía que ser un estorbo, le arrancó pluma por pluma hasta que se quedó sin ella. ¡Cuánto se habían reído de él el resto de los animales cuando lo vieron aparecer con las plumas en la mano! Tuvo que esperar dos meses para recobrarse.

Pero Rasperín no pudo escuchar ninguna de estas tres historias porque, a la vez que la brisa traía consigo un tarareo, el caracol, la rana y el pavo real corrían a más no poder hacia sus escondites. El puercoespín, que aún no era consciente del verdadero peligro que se acercaba, vaciló un instante y se quedó sin saber qué hacer.

—¡La, la, la, la! —venía canturreando Elisa, quien al ver a Rasperín, se detuvo y exclamó—: ¡Uaaaah! ¡Qué ardilla más rara!

El puercoespín le dirigió una mirada interrogante, pues ¿cómo podía confundirlo a él, un ser robusto y acorazado, con una leve y ágil ardilla? Pero antes de que pudiera reaccionar, la niña ya le estaba sujetando con fuerza del hocico.

—¿Dónde te has metido para tener todos estos pinchos clavados? —preguntó Elisa—. No te preocupes. Yo te ayudaré.

Acto seguido, empezó a arrancarle las púas, que tan útiles le eran a Rasperín para defenderse de sus enemigos. Una vez terminó, el puercoespín se vio desnudo e indefenso y, tiritando de frío y miedo, huyó de la niña tan rápido como pudo. Rasperín juró que nunca más volvería a pisar las fragas de Eriasir.

—¡Ten cuidado, ardillita! —le gritó Elisa viendo cómo se alejaba.

Satisfecha por la buena obra que creía haber realizado, la niña echó a andar hacia su casa, pero en el camino se encontró con un lobo enorme y grande. Este acababa de cazar un conejo, y a punto estaba de hincarle los colmillos cuando oyó a Elisa.

—¿Quién habrá abandonado a un perrito tan lindo? —se preguntó la niña—. ¡Qué pena! Tiene que comer carne cruda. Ven, vamos a mi casa y te prepararé algo calentito.

Mas, cuando Elisa aproximó la mano para acariciarlo, el lobo se abalanzó sobre ella y, si no fuera porque un cazador que pasaba por allí lo impidió, la habría devorado.

Elisa tuvo suerte, pero lo cierto es que, a pesar de sus buenas intenciones, su ignorancia ponía en peligro la vida de los demás, y la suya propia. Y es que el bien se puede convertir en mal si quien lo practica no sabe discernir entre lo conveniente y lo perjudicial.

# EL BAZAR DE LOS SUEÑOS

# El bazar de los sueños

La madre de Suré acababa de morir. Era la única familia que tenía y, por ello, aunque todos los vecinos se habían volcado con él durante los primeros días de duelo, dándole cariño y ayudándolo en todo lo posible, se sentía muy desgraciado y desamparado. Apenas tenía cinco años de vida.

—¿Quién se va a ocupar de mí ahora? —lloraba Suré—. ¿Qué va a ser de mí?

Afligido y preocupado, encontrando únicamente refugio en la soledad de su habitación, se tumbó en la cama y en ella permaneció días y más días. Soñó con su pobre y bienamada madre, recordó cuánto trabajaba, sin tener tiempo para nada más, con el fin de que los dos pudieran comer y él ir a la escuela, cómo se esforzaba en sonreír aun cuando estaba agotada, y lo mucho que sufrió antes de marcharse. No falleció en paz, y Suré lo sabía; había oído cómo, en su lecho de muerte, le pedía a Dios que cuidara de él. Pero Suré, aunque se aferraba a la piedad del Altísimo, había perdido a su madre y nadie se había ofrecido para protegerlo.

Estaban abandonándole las fuerzas, el ánimo y la ilusión por la vida.

Sin embargo, cuando ya casi era incapaz de moverse, escuchó el sonido alegre de flautas y tambores en la calle, y una proclama que decía:

—¡Vengan al bazar de los sueños! ¡Ningún niño puede ser infeliz! ¡Traigan a sus hijos y cumpliremos sus deseos!

Entre lágrimas, Suré recordó una historia que su madre le había contado. Según decían, existía un bazar de sueños que visitaba las ciudades del mundo para llevar felicidad allí donde había tristeza. Sin todavía terminar de creerlo, Suré se levantó y se asomó a la ventana. Vio en la calle a decenas de duendes de altura semejante a la suya que, con entusiasmo y algazara, bailaban y brincaban mientras otros tocaban con gracioso brío los instrumentos.

—¿Los has enviado tú, mamá? —preguntó Suré mirando al cielo.

Y en ese instante, las lágrimas acariciaron una sonrisa en su rostro. Tal vez hubiera alguna esperanza…

Rápidamente se vistió, salió de su casa y siguió, como el resto de los niños, a los duendes. La emocionante comparsa musical llegó entonces a un extraño bazar en el que, detrás de varios puestos, esperaban más hombrecillos risueños a los que los niños comenzaron a formular deseos. Aquellos se los concedieron diciendo siempre:

—A cambio, ayudarás al menos una vez a alguien que lo necesite de verdad.

Y los niños, aceptando el trato, se encontraban con una cesta repleta de caramelos, pirulís, gominolas u otras deliciosas chucherías en sus manos. Mientras Suré esperaba, pensaba que los otros niños no solicitaban más que tonterías.

Llegó su turno y Suré pidió que su madre reviviera. Al instante, la sonrisa del duende que lo atendía se borró y se tornó en tristeza.

—Lo siento —le dijo este—. No podemos cumplir ese deseo.

Cuando escuchó esto, Suré se sintió decepcionado y profundamente abatido.

—¿De qué me sirve entonces haber venido? —dijo Suré—. Mejor hubiera sido haberme quedado acostado.

Y sin levantar la vista del suelo, emprendió el camino de vuelta dispuesto a dormir y no despertarse. No tardó mucho en echar a correr, pues la música y la alegría alrededor eran para él una tortura.

No obstante, antes de abandonar el bazar, oyó una voz a su espalda. Era el mismo duende con el que antes había hablado.

—¡Espera! —le dijo—. Todos nosotros —añadió señalando a sus compañeros— hemos pedido un deseo que no podía cumplirse.

—Eso no me consuela —dijo Suré con amarga sinceridad.

—Lo sé —afirmó aquel pensativo—, pero tal vez haya alguien que te pueda ayudar.

—¿Quién? —preguntó Suré inmediatamente.

—La reina de las hadas —respondió el hombrecillo verde—, pero solo nosotros podemos verla.

—Entonces, ¡llevadme con vosotros! —rogó el niño.

—Es un viaje muy largo —le advirtió el duende—, y tenemos que visitar otras muchas ciudades antes de volver allí.

—No importa —dijo Suré—. Nada me queda aquí más que esperar la muerte.

El hombrecillo miró fijamente al niño, con seriedad, como si estuviera evaluando la conveniencia de la propuesta, o tal vez no… Quizá solamente lo parecía y, en realidad, había quedado sumido en sus propios pensamientos. No hay modo de saberlo, mas lo cierto es que al cabo de un rato, el duende asintió y dijo:

—Recoge todo lo que sea de valor para ti y regresa al bazar antes del atardecer.

Así lo hizo Suré y, cuando el sol se ocultaba tras el horizonte, salió por primera vez de su ciudad natal acompañado por el bazar de los sueños.

Recorrió muchos lugares del mundo pensando que, cada paso dado, le acercaba más a su madre, y de esta forma el tiempo fue transcurriendo a la vez que Suré comenzaba a sonreír con mayor frecuencia, pues los duendes acostumbraban a reír, bailar y cantar todos los días; formaba parte de su contagiosa naturaleza. Y como se preocupaban de que el niño participara en sus festejos y diversiones, Suré nunca se sintió desplazado, sino más bien al contrario: se encontraba muy a gusto entre ellos.

De este modo, aunque el niño nunca olvidó la razón por la que estaba con los duendes, la espera se hizo llevadera hasta que una mañana, al entrar el bazar en un pueblecito, el que había ofrecido ayuda a Suré lo llamó y le dijo:

—¿Ves la montaña que se eleva sobre aquel bosque? —El niño miró hacia allí y asintió—. En la ladera hay una enorme piedra azul que tapa la entrada a una cueva. Dentro de ella hay un lago y, en su centro, un templo iluminado por la magia de las hadas. Es allí donde habita la reina. Iré a verla y le hablaré ti, pero para eso necesito que me sustituyas hoy en el bazar.

—¡De acuerdo! —exclamó Suré ilusionado—. ¿Qué tengo que hacer?

—Tan solo actuar como nosotros.

—Pero… —dudó el niño—, yo no soy un duende, no sé nada de magia. ¿Cómo voy a hacer para conceder los deseos?

—No te preocupes por eso —dijo el hombrecillo verde—. Pronuncia las palabras que nos has oído repetir y verás como todo va bien.

Dicho esto, el duende se despidió del muchacho y se internó en el bosque mientras este se situaba tras el tenderete que le correspondía.

Como cabría esperar de un pueblo pequeñito como era aquel, no eran muchos los niños que venían tras los duendes que habían anunciado la presencia del bazar. Suré sintió alivio, ya que era la primera vez que iba a estar a cargo de un tenderete y no sabía muy bien cómo actuar. Había visto cantidad de veces hacerlo, pero desde fuera. Ahora él tenía una responsabilidad, y cuando vio acercarse a unos niños hacia él, se sintió un poco nervioso.

No obstante, al ver frente a sí a aquellos tres pequeños con caras muy tristes, con sus zapatos rotos y sus ropas viejas y gastadas, como si fueran un montón de harapos remendados una y mil veces, lo único que sintió Suré fue un gran deseo de hacerlos sonreír.

Detrás de ellos se encontraba una mujer que, en idénticas condiciones, los miraba con amor y ternura.

—Vamos, hijos —les dijo ella con un destello de alegría en sus ojos—, pedid lo que queráis.

—¡Yo quiero zapatos nuevos para mí y mis hermanos! —solicitó el primero.

—Yo —dijo el segundo—, ¡ropa nueva que nos valga para el invierno y el verano!

—Y yo —habló el último de los tres—, ¡libros para ir a clase!

—Os lo concedo a cambio de que ayudéis al menos una vez a alguien que lo necesite de verdad —pronunció Suré sintiendo una inmensa felicidad al ver cumplidos los deseos y la reacción de alegría en la madre y los niños.

Bastó este simple gesto para que Suré comprendiera por qué los duendes estaban siempre tan contentos. Se encontraba tan feliz que incluso se olvidó de su propia tristeza. Pero, comenzando la tarde, recordó a la reina de las hadas y fue creciendo su impaciencia hasta que vio regresar al duende.

—¿Qué ha dicho? —le preguntó Suré.

—Te está esperando —le respondió—. Ve a verla.

—¿Y cómo llego hasta allí? —inquirió nervioso el niño—. ¿Y la piedra, cómo la muevo?

E iba a seguir preguntando cuando el hombrecillo verde lo interrumpió.

—Sigue el camino. Nada te impedirá presentarte ante la reina de las hadas.

Y así sucedió. Suré cruzó el bosque, llegó a la ladera de la montaña, y la gigantesca roca azul, veinte veces más alta y ancha que él, se apartó para darle acceso a la cueva. Una luz lo iluminaba todo desde lo más profundo y, a medida que avanzaba, parecía que caminara hacia el mismo sol.

Llegado al lago, sintió el frescor de la primavera y la luz clara del verano irradiando el lugar. Había una barca de caoba en la orilla a la que se subió, y esta lo condujo a una isla, en el centro del lago, donde se encontraba un templo rodeado de flores de todos los colores y fragancias. Entró en él y vio un estanque, de aguas tan nítidas y claras que parecían el más perfecto de los cristales.

—Seguro que ella podrá devolverme a mi madre —se dijo Suré, y llamó a la reina de las hadas.

Al momento, el lugar adquirió una tonalidad dorada, como la de una estrella y, poco después, un gran destello de luz inundó la sala. Suré tuvo que cerrar los ojos. Cuando los abrió, vio a la reina de las hadas volando sobre el estanque. Era la mujer más hermosa que había visto nunca.

—Hola, Suré —lo saludó.

—Hola —le respondió el niño.

—Me han dicho que querías pedirme un deseo y que, además, eres merecedor de él. Dime, ¿cuál es?

—Quiero que devuelvas la vida a mi madre.

—Comprendo —dijo la reina de las hadas—, mas no puedo alterar los ciclos de la vida. Tu madre, al igual que todos los seres antes de nacer, formaba parte de la naturaleza y, al morir, ha vuelto a ella, dando lugar a nuevas vidas. Eso es lo que hace que el mundo se renueve, y también lo que a ti un día te hizo existir. Es el alma del mundo, Suré, el que nos rige a todos, y ningún poder puede alterarlo para que la vida siga existiendo.

—Entonces, ¿nadie puede hacerlo? —preguntó el niño.

—Lo siento —respondió ella.

—¿Y cómo voy a vivir? —se dijo el niño entristecido—. No tengo a nadie.

—Tal vez sí —le respondió la reina de las hadas—. Mientras viajabas con los duendes, ¿eras feliz?

—Sí —reconoció Suré.

—Y hoy, cuando cumpliste los deseos de aquellos que estaban tristes, ¿no te sentiste feliz también?

—Sí —afirmó el niño—, pero yo no soy un duende.

—Suré —le dijo la reina de las hadas—, solo los duendes pueden verme.

—¡Es cierto! —se sorprendió. Sin embargo, observando su reflejo en el estanque, dijo—: Pero mi cuerpo sigue siendo el de un niño.

—Hoy usaste el poder que los duendes poseen, y eso permite que tu esencia pueda cambiar —le explicó la reina de las hadas—, pero debes desearlo.

Al instante, con una sonrisa, Suré vio cambiar su figura en el agua tranquila del templo de las hadas y, en ese mismo momento, supo que una nueva vida comenzaba. Él también ahora formaba parte del bazar de los sueños.

# El estanque mágico de Verdesmeralda

Muchos son los sitios que los hombres han nombrado como el fin de todos los caminos. En diferentes lugares y épocas distintas, de muchos se dijo que todos conducían a ellos, pero solo uno, uno solo cuan largo es el tiempo, tuvo el privilegio de ser llamado la encrucijada de los caminos: Verdesmeralda.

Verdesmeralda existió, y si pocos han oído hablar de ella es debido a que el momento en el que los hombres presumían de haber visto sus altas torres y murallas blancas, resulta hoy muy lejano, casi un sueño… Así sucede con todo aquello que aconteció hace mucho, mucho tiempo.

Pero es sabido por quienes lo saben que, por aquel entonces, viniera de donde viniera, fuese a donde fuese, todo viajero se encontraba en el trayecto con la bella ciudad de Verdesmeralda. Era una inmensa suerte, pues en su centro había un estanque todavía más maravilloso que todo lo que lo rodeaba, y no solo por su belleza, sino también por la increíble propiedad mágica que lo caracterizaba: bastaba con arrojar en él, tras haber formulado un deseo, una moneda, para que este se cumpliera en cuanto llegara a su destino.

Eran días felices, tanto para los que estaban de paso como para los habitantes de Verdesmeralda, ya que era una la moneda que los forasteros dejaban en el estanque, pero muchas más las que gastaban durante su estancia en la ciudad. Y como eran tantos los que la visitaban diariamente, los habitantes de Verdesmeralda eran tan ricos que nadie en todo el mundo podía equipararse a ellos. Vivían en lujosos palacios, vestían con las ropas más elegantes y en sus mesas nunca faltaban los más exquisitos manjares. Esta ciudad era, sin asomo de duda, la de mayor esplendor de su época. Refulgía en prosperidad y abundancia.

Sin embargo, cierto día tuvo lugar un hecho que conduciría a Verdesmeralda a su desaparición. Uno de los hombres más ricos y poderosos de la ciudad, cegado por su propia codicia, comenzó a robar monedas del estanque. Así lo hizo durante varios meses amparado por la sombra de la noche.

Nadie sospechó nada, pues eran incontables las monedas que el estanque atesoraba bajo sus aguas, pero el verdadero daño que su acción estaba causando no tardó en llegar: empezó a correr el rumor de que el estanque de Verdesmeralda ya no cumplía deseos.

—¡No puede ser! —se alarmaron los habitantes de la ciudad.

Pero así era, pues cada vez que una moneda era extraída del estanque, un deseo se destruía.

—¡Tenemos que averiguar lo que sucede! —dijeron otros.

Pero era ya demasiado tarde. Los rumores son como el viento, nada viaja más rápido que ellos, y también como la tempestad, implacables cuando se desatan. Y como todo rumor muy extendido, termina por convertirse en verdad aunque no lo sea.

De esta forma, los viajeros dejaron de arrojar monedas al estanque y, al haber perdido la ciudad su más preciado encanto, pocos eran ya los visitantes que la consideraban atractiva, y menos aún los que se detenían en ella.

Así pues, en muy poco tiempo, aquellos que estaban acostumbrados a vivir con todo lujo de comodidades, vieron cambiar drásticamente su situación, y como realmente creían que el estanque había perdido su poder, pronto acudieron a él para mantener su nivel de vida. Esta vez sí era visible que las monedas disminuían en número.

Los más honestos habitantes de Verdesmeralda intentaron frenar esta conducta, pues advirtieron que con ello no solo estaban tomando lo que no les pertenecía, sino también acabando con los sueños de miles y miles de personas, pero fue en vano. El estanque se fue vaciando mientras los que lo respetaban se empobrecían y, más tarde o más temprano, abandonaban la ciudad.

Solo los que menores escrúpulos tenían se mantuvieron, pero aunque muchísimas eran las monedas, no eran tantas como para ser interminables, así que llegó el momento en el que solo una quedó en el estanque. No tardó en ser localizada, y una mano atravesó la superficie del agua dirigiéndose hacia ella. Entonces, una triste voz, como una lágrima, surgió del estanque.

—Habéis robado muchos sueños y aun así he subsistido, pero si me arrebatáis el último no podré…

Pero la mano no la escuchó y extrajo la última moneda, el último sueño. Inmediatamente, el estanque se secó y todo lo bello que había en Verdesmeralda murió. Los caminos se cubrieron de arena, se borraron, y la ciudad se perdió.

Sin embargo, los hombres no olvidaron el estanque de Verdesmeralda. Aún hoy, en su recuerdo, existe la tradición de arrojar una moneda allí donde el agua se reúne, pues la esperanza de que vuelva a ser hallado y resurja su poder todavía pervive.

# Broan y Turin

Existió una vez, hace mucho tiempo, un reino flanqueado por un gran bosque y una hermosa cascada, lo que hacía de este un muy buen lugar para vivir. Sus habitantes obtenían del bosque frutas, miel y carne además de madera, mientras que del río, agua, pescado y entretenimiento en los días de sol.

Sin embargo, por muy agradable y atractivo que sea un sitio así, no garantiza una vida dichosa, ni mucho menos. Si alguien se lo preguntara, eso mismo dirían Broan y Turin.

Broan y Turin eran dos niños de Cretórea, pues así se llamaba este reino. El primero era alto y fuerte como un gigante, y el segundo astuto y despierto como un lince, pero también era uno tan grande como corto de inteligencia, y el otro tan listo como bajo de estatura. Tanto es así que, cuando a Broan le preguntaban cuánto sumaba uno más uno tenía que contar con los dedos, y a Turin frecuentemente lo confundían con un enano de las montañas.

Mucho sufrían ambos por esto, ya que eran el blanco fácil de las burlas de los otros niños. Sin embargo, una noche, ya bien entrada la madrugada, un gran estruendo anunció el comienzo de lo que supondría una gran hazaña que los convertiría en héroes, aunque muy pocos, o más bien nadie, pudiera imaginarlo al principio.

Todo empezó con ese estrépito que despertó a los pobladores de Cretórea, tras el cual salieron de sus casas para averiguar qué ocurría. Con terror, vieron a un imponente dragón arrancando y derribando árboles.

—¿Qué sucede? —preguntó el rey al vigía de la torre del castillo.

—Me temo, mi señor, que un dragón ha escogido nuestro reino para pasar la noche; está construyendo un lecho donde dormir.

Y efectivamente, eso era lo que parecía. El dragón estaba apilando árboles en un montículo, tan grande como una montaña para un hombre pero, para una criatura del tamaño de aquella, no sería más que el equivalente a un mero jergón de paja.

—Esperemos que solo sea eso —dijo el rey no sin cierta preocupación, y motivos no le faltaban para ello, pues cuando se elevó el sol sobre el horizonte, el dragón continuaba allí, al igual que al día siguiente y al otro y otro más…

Y la situación, ya de por sí preocupante, no hizo más que complicarse. El dragón había posado su cola en lo alto de la catarata y había bloqueado el paso del agua. El río que pasaba por Cretórea se había secado.

—Esto no puede seguir así —dijo el rey—. ¡Que el ejército se prepare para expulsar al dragón!

A la orden de su señor, los caballeros ciñeron sus armaduras, tomaron las armas, ensillaron sus caballos y partieron a la batalla contra el dragón. Poco duró la lucha, pues cada escama de este tenía la robustez de diez mil escudos, y sus fauces y garras la fuerza de treinta mil espadas. El ejército del rey era muy inferior al poder de la criatura, y sucumbió ante ella en menos de lo que dura un parpadeo.

Desesperado, ya que era consciente de que mientras el dragón continuara allí no tendría reino que gobernar, el rey ofreció todas sus posesiones salvo el castillo a quien fuera capaz de expulsar al dragón de sus tierras.

Siendo mucha la fama y el bienvivir imperante en Cretórea antes de la llegada del dragón, fueron numerosos los valientes y famosos guerreros que acudieron a la llamada, pero uno tras otro cayeron irremediablemente en el combate. Se estaba perdiendo toda esperanza, por lo que la gente comenzaba a plantearse seriamente el abandonar la ciudad y buscar refugio en otro reino cuando Turin, que había permanecido muy atento al discurrir de los acontecimientos, creyó entrever la posibilidad de lograr aquello que había supuesto el fracaso para los demás.

No obstante, había un pequeño inconveniente. Para que su plan fuera efectivo, tendría que llegar hasta el dragón en la mayor brevedad posible, pero su escasa estatura no le permitiría hacerlo fácilmente; los árboles derribados cortaban el camino y tardaría una eternidad en sortear los obstáculos.

—Si alguien pudiera llevarme… —pensó Turin—, pero ¿quién?

Y entonces vio a Broan a un lado de la plaza, con sus pies junto a un tenderete y, mucho más arriba, su espalda apoyada en el balcón del primer piso de una casa.

—¡Claro! —exclamó Turin—. ¡Con su ayuda, hoy mismo podría estar allí!

Así que fue corriendo hasta él.

—¡Broan, Broan! —le gritó para asegurarse de que lo oyera.

—¿Uuh? —se extrañó este—. ¿Quién llama? No ver a nadie.

—¡Aquí abajo! —dijo Turin—. ¡Aquí abajo!

Broan dirigió la vista hacia el suelo y vio al niño diminuto.

—¿Qué querer? —preguntó cogiéndolo con sus dedos y posándolo en la palma de una de sus manos.

—¡Necesito que me lleves ante el dragón! —explicó Turin—. ¡Creo que sé la manera de librarnos de él y cobrar la recompensa del rey! ¡Si me llevas…!

—¡Esperar, esperar! —le pidió Broan. Todo aquello junto era demasiado para él y necesitaba un poco de tiempo para asimilarlo—. Ir al dragón, librarse de él, cobrar recompensa… Sí, entender —dijo al fin—. ¿Si llevar…?

—De lo que nos dé el rey, ¡mitad para ti, mitad para mí! —continuó Turin.

—Mitad —reflexionó un momento Broan, tras lo cual sonrió—. Sí, gusta, pero ¿cómo hacer? Broan ser grande, pero muy pequeño frente a dragón. Nosotros morir.

—No, no —quiso aclarar Turin—. Tú solo tendrías que conducirme hasta allí. Del dragón me encargo yo.

—¡Jo, jo, jo! —rió Broan, no por malicia ni mofa, sino porque acababa de imaginarse a algo tan pequeño luchando frente a una poderosa bestia como aquella y, simplemente, le había hecho gracia.

Broan no tenía muchas luces, pero tampoco mal corazón y Turin lo sabía, por lo que no le dio mayor importancia. No obstante, como intuyó con facilidad lo que el gigantón estaba pensando, quiso darle una explicación:

—No usaré la fuerza —dijo Turin—, sino la inteligencia.

Entonces Broan dejó de reír y se puso serio. Sabía que, a pesar de su aspecto, los otros niños se guardaban más de meterse con Turin que con él precisamente por esto. Turin les contestaba y los hacía callar. Él, en cambio, pocas veces entendía que se estaban burlando de él hasta que era demasiado tarde para reaccionar. La inteligencia era para Broan algo así como la magia; sabía que existía, pero no la llegaba a comprender.

—Sí, yo saber. ¿Tú creer poder derrotar al dragón?

—Con tu ayuda, sí —respondió Turin.

—Entonces, ir —aceptó Broan.

Así pues, Broan posó en su hombro a Turin y cruzaron las calles de la ciudad para internarse en lo que antes había sido el bosque. El gigantón sorteó los troncos caídos de los árboles como si fueran tablillas, y cruzó las hendiduras y surcos en la tierra con ligeros saltos hasta que se encontraron frente a la criatura. Estaba dormida, tal y como esperaba Turin.

—¡Despierta, dragón! —gritó este desde el hombro de Broan.

El dragón entreabrió despacio sus párpados y, sin moverse, miró para ellos:

—¡No me hagáis levantar u os mataré! —les advirtió—. ¡Idos de inmediato!

—Eso no te conviene —indicó Turin.

El dragón soltó un bramido antes de abrir completamente los ojos y girar hacia ellos la cabeza.

—¡Explícate! —le ordenó con voz imperiosa—, y más vale que sea algo de valor pues, de lo contrario, conoceréis el poder de las llamas.

—Si no me equivoco —dijo Turin—, has venido aquí para descansar…

—Sí, ese es mi deseo —confirmó la criatura ante el beneplácito de Turin. Había acertado en sus conclusiones y, por tanto, su plan podría dar resultado—. Soy un dragón muy antiguo, y lo único que me apetece es dormir y tú lo estás impidiendo, así que di lo que tengas que decir antes de que me impaciente más todavía.

—Lo que tengo que decir es que no has elegido un muy buen lugar para hacerlo —señaló Turin—. El rey ha ofrecido una gran recompensa para quien consiga deshacerse de ti y, por eso, han venido y seguirán viniendo caballeros hasta aquí.

—Entonces, mataré al rey —resolvió el dragón incorporándose.

—El rey tiene hermanos, hijos, primos y sobrinos —dijo Turin—, y si lo matas, querrán vengarse.

—También acabaré con ellos —aseguró el dragón desperezándose.

—No lo dudo, pero interrumpirán constantemente tu sueño… —resaltó Turin.

Y diciendo esto, el diminuto niño sobre el hombro del gigante se dio por satisfecho; la conversación había llegado al punto justo que buscaba y el dragón reaccionó tal y como esperaba que lo hiciera: se detuvo a reflexionar.

Turin aguardó el tiempo necesario para que el dragón se hiciera eco de sus palabras, pero sin dejarle tampoco demasiado margen para pensar, así que al cabo de un rato volvió a hablar:

—Sin embargo, hay una solución.

—¿Cuál? —quiso saber el dragón.

—Verás, en aquella montaña hay una enorme caverna. Si establecieras en ella tu morada, te garantizo que nadie te molestará. Allí podrías descansar todo el tiempo que quisieras.

—¿Cómo estás tan seguro? —preguntó con desconfianza el dragón.

—Porque yo mismo me encargaría de que así fuera.

El dragón dirigió una mirada inquisitiva a Turin, tras lo cual la volvió hacia la montaña.

—Está bien —aceptó el dragón—. Si es así te estaré agradecido, pero ¡ay de ti si me engañas!

—No te engaño —añadió Turin—. De hecho, en el único camino que conduce hasta allí, haré levantar dos castillos con el solo fin de que velen por tu descanso.

El dragón asintió y, abriendo sus extensas alas, emprendió el vuelo al tiempo que el agua retornaba a su cauce y en la ciudad la gente gritaba:

—¡El dragón se ha ido! ¡Broan y Turin lo han conseguido!

Entre vítores y una gran ceremonia de festejo, fueron recibidos por el pueblo, y el rey les ofreció los presentes que había prometido, a lo que Turin respondió:

—No quisiera minar vuestra grandeza, mi rey. Tan solo os pido que construyáis dos castillos, uno para mí y otro para Broan, en la ladera de la montaña, y nos nombréis señores de esas tierras para quedar a vuestro servicio.

El soberano, que más contento no podía estar por este desenlace, concedió con agrado lo que se le pedía, y fue así, de este modo, como Broan y Turin se convirtieron en héroes y señores de las montañas.

Mientras ellos vivieron, el reino permaneció en paz, pues ningún otro monarca se atrevió a desafiar a Cretórea. Todos temían la fuerza del uno y la inteligencia del otro, pero más todavía, al poder unido de los dos.

# El viaje de Breogán

Breogán eran tan solo un niño cuando empezó a escuchar las historias de los guerreros y ancianos que, alrededor del hogar, se reunían en las noches de invierno. Su padre, el rey, presidía la gran casa del poblado ártabro, su pueblo, que habitaba frente a la costa. Eran tiempos en los que los hombres hablaban del pasado a través de leyendas, vivían el presente realizando hazañas que merecieran ser relatadas y únicamente esperaban del futuro ser recordados.

Así pues, no es de extrañar que Breogán se echara a la mar para llegar a una tierra que creyó ver un solo día, dando lugar a una gesta que todavía hoy se recuerda. Pero algo se perdió de esta historia, una parte crucial sin la cual esto no hubiera sucedido.

Lo cierto es que Breogán, alentado por las leyendas que hablaban de grutas encantadas, de mujeres que con su canto atraían a los hombres bajo las aguas, de ciudades sumergidas y de grandes tesoros ocultos, estaba siempre presto a encontrar la aventura, la emoción y el riesgo. Quería ser él el protagonista de los relatos, ver con sus propios ojos lo que habían visto otros.

Durante mucho tiempo estuvo buscando, adentrándose en toda cueva que encontraba, en toda roca considerada sagrada o prodigiosa, en toda poza sobre la que existía un misterio con la esperanza de hallar una entrada o algún ser fantástico que lo condujera a esos mundos de ensueño. Pero, a medida que crecía, iba perdiendo el interés porque, después de una intensa búsqueda, todo aquello seguía permaneciendo inalcanzable, secreto, escondido…

Así pues, siguió escuchando nuevas historias, pero ya no significaban para él lo mismo que antaño. Eran simplemente un entretenimiento. No obstante, cierta noche ocurrió aquello que haría posible que volviera a creer.

La luna llena presidía el firmamento cuando, en su casa, entraron unos guerreros comentando un curioso suceso: dos extraños animales acuáticos habían quedado varados en la playa de Las Amorosas. Parecían haber hecho un inmenso esfuerzo para llegar hasta allí. Era un hecho insólito; nadie recordaba antecedente alguno. Y en esto, aparecieron los amigos de Breogán, Eren y Gábala.

—¿Puede venir Breogán a la playa? —preguntaron.

—Padre… —pidió permiso.

—Ve —respondió el rey.

Sin perder tiempo, los tres corrieron hasta el acantilado bajo el cual se hallaban Las Amorosas. Breogán tenía tantas ganas de llegar abajo que no quiso esperar. Tomó uno de los dos caminos para descender, el más corto, pero también el más peligroso. Eren y Gábala, temerosos de la altura y la falta de seguridad que ofrecía la sombra de la noche, decidieron no seguirlo y tomaron el sendero que bordeaba el precipicio.

Tras algún que otro susto propiciado por la gravilla y la humedad del rocío, Breogán alcanzó el arenal. Miró hacia la pareja y se quedó perplejo. No eran dos animales los que allí yacían, sino un hombre y una mujer. Entonces oyó una voz a su espalda. Provenía de alguien que traía consigo unas redes, por lo que Breogán supuso que era un pescador.

—¿Sabes quiénes son? —preguntó este.

Breogán no creyó que nadie pudiera ver lo mismo que él, así que respondió como si no entendiera la pregunta:

—¿Los animales?

El pescador sonrió.

—Son Alan y Évelin. Hace muchos años estuvieron separados, pero desde que se volvieron a encontrar, siempre han estado juntos.

—No entiendo —dijo Breogán intentando disimular. El pescador, en cambio, continuó:

—Cuando yo era más joven, Alan faenaba conmigo. Sin embargo, una mañana en la que regresábamos del Mar Tenebroso, se levantó una espesa niebla a la que siguió una tormenta y naufragamos. Los dioses se apiadaron de mí, pues fui arrastrado a la costa, pero Alan desapareció. Pasó una semana, un mes, un año, y jamás se encontró su cuerpo. Aun así, su prometida, Évelin, se negaba a olvidarlo.

»Perdió el juicio y un día.... un día se lanzó desde el acantilado. Fuimos muchos los que corrimos al borde, temiendo lo peor, pero no se encontró rastro alguno de ella. Lo único que se pudo ver en aquel momento fue a dos seres marinos, dos peces del tamaño de un hombre que se alejaban juntos, saltando por encima de las aguas, hasta perderse océano adentro.

»No fuimos pocos los que supimos que Alan había venido a buscar a Évelin, y los dos, convertidos ahora en seres del mar, ya jamás volverían a estar separados por él. Al año siguiente, volvieron a esta playa trayendo consigo a tres pequeños y, a partir de entonces, antes de que finalice el verano, ellos y sus hijos siempre han regresado. Es por ello por lo que a esta playa se le llama Las Amorosas, pues fueron sus piedras, su arena y sus aguas las que, con su magia, hicieron que el amor venciera a la muerte.

Tan pronto pronunció estas palabras, el pescador se volatilizó y, con él, la fantástica visión que Breogán había tenido. Años después, comprendería que ningún hombre puede vivir los sueños de otros, porque cada uno tiene el suyo propio. El de él llegó cuando, contemplando la despedida de aquellos animales descendientes de Alan y Évelin, creyó ver tierra muy lejos, más allá del horizonte. Aunque no lo supiera entonces, fue en aquel preciso instante cuando se inició su leyenda.

# El bosque de los ciervos blancos

En lo más profundo de un bosque antiguo, vivía un matrimonio y sus tres hijos. El padre provenía de una larga estirpe de grandes cazadores y, como buen cabeza de familia que era, se había preocupado de enseñar el oficio a sus descendientes. Sin embargo, el más pequeño de todos, Ridalín, amaba tanto a los animales que le resultaba imposible aprender. De hecho, se negaba a hacerlo, obteniendo en consecuencia la desaprobación de sus parientes.

—¿De qué vas a vivir entonces, Ridalín? —le preguntaban estos.

Y él se encogía de hombros. También estaba preocupado, pues ¿qué otra opción tenía un hijo de cazador que seguir sus pasos? ¿Quién le iba a enseñar los secretos de otro medio de vida si nadie más habitaba aquel bosque? Y si no aprendía absolutamente nada, ¿cómo iba a sobrevivir cuando faltaran sus padres?

Ridalín, que era muy consciente de esto, quiso obligarse, pero nada podía hacer frente a su naturaleza. Cuanto más lo intentaba, mayor esfuerzo le exigía. Así pues, un día desistió y, tras reunir una gran dosis de valor, decidió abandonar su hogar, cosa que hizo cuando todos los demás estaban ya durmiendo.

Pasó toda la noche y parte de la mañana siguiente andando, sin descanso, para que a su familia le resultara imposible encontrarlo. No quería regresar, pues de ser así, estaba convencido de que no volvería a atreverse a repetir lo hecho el día anterior. No en vano, lo más difícil para él había sido asumir que iba a dejar atrás a sus seres queridos.

Por ello, Ridalín había borrado todo rastro que hubiera podido dejar hasta hallarse bien lejos, como se encontraba en estos momentos en los que el sol presidía el cielo. Se tumbó a la sombra, agotado como estaba, y pronto quedó dormido.

Sin embargo, un ruido interrumpió sus sueños. Abrió los ojos y frente a él vio a una cierva blanca atada a un árbol. Junto a ella, había una anciana de vestimentas oscuras quien, al ver despertar a Ridalín, dijo:

—¿Cómo es que estás tan solo, pequeño? ¿Acaso te has perdido?

Ridalín no contestó de inmediato. Había algo en aquella mujer que no le gustaba, así que respondió con solo una parte de la verdad.

—Sí, aunque mi padre y mis hermanos me encontrarán pronto. Son cazadores.

Al escuchar esto, la anciana pareció alegrarse.

—Llevo varios días sin comer —dijo— y tengo mucha hambre, pero mis pobres manos ya no son las que eran. Cada vez me tiemblan más, y no quiero ver sufrir a la cierva a causa de mi torpeza. Si me ayudas a matarla, diremos a tu familia que fuiste tú quien la cazó. Sin duda se sentirán orgullosos, pues ciervos blancos no hay muchos, y muy pocos cazadores en el mundo pueden presumir de haber visto alguno.

Ridalín miró con desconfianza para la mujer y luego para la cierva, que ahora se encontraba muy nerviosa.

—¡Qué extraño! —pensó el niño—. Parece haber entendido lo que me pide la anciana, pero ¿cómo es posible? Los ciervos no conocen el lenguaje de los hombres.

—Entonces, ¿me ayudarás? —preguntó la anciana.

Pero Ridalín se negó, y aunque esta insistió varias veces, obtuvo idéntica respuesta. Al ver que no iba a poder contar con él para matar a la cierva, se enfureció de tal manera que Ridalín comenzó a sentir miedo. Aquella mujer no era lo que aparentaba.

—¡Niño estúpido! —gritó—. ¡También tú te convertirás en un ciervo blanco! —y, al instante, sus palabras se hicieron realidad—. Ahora ambos seréis la presa predilecta de los cazadores, ¡y a manos de ellos pereceréis!

Tras decir esto, creyendo firmemente que la profecía se cumpliría en breve, desapareció. Sin embargo, la anciana desconocía que Ridalín la había engañado. Nadie lo encontraría, y además, como conocía las artimañas y estrategias de los cazadores al haber sido criado entre ellos, sabría evitar el peligro. Así pues, se adentró en lo más profundo del bosque tras liberar a la cierva, y enseñó a esta y a los hijos que juntos tuvieron después a burlar a los cazadores.

De esta forma, pasaron varias generaciones hasta que un día, por descuido, un cazador se encontró con un ciervo blanco.

—¡No puedo creer la suerte que he tenido! —se dijo—. ¡Es increíble!

Y estaba tensando ya su arco cuando un búho muy viejo, posado sobre la rama de un árbol, le habló:

—No lo hagas. De lo contrario, estarías matando a uno de tus parientes.

—¿Qué ardid tramas, búho? Soy un cazador…

—Lo sé —lo interrumpió—, y por eso te hago esta advertencia. Hace muchos años desapareció en el bosque un niño llamado Ridalín. ¿Conoces ese nombre?

El cazador entonces se puso serio y respondió:

—Sí, lo conozco. También es el mío, en recuerdo de un hermano de mi abuelo, por el que tanto sufrió mi familia. Pese a todos nuestros conocimientos, jamás conseguimos encontrarlo… ¿Qué sabes, búho?

—Lo que sé —contestó— es que hace muchos años un rey castigó a una bruja por sus maldades y esta, en venganza, tiempo después raptó a su hija, Diralia. La intención de la hechicera era quitarle la vida, sin embargo, no podía hacerlo ella misma porque la princesa estaba protegida por la magia de un hada, así que la transformó en una cierva blanca y penetró en este bosque sabiendo que en él habitan grandes cazadores. Se topó con Ridalín, y pensando que era uno de ellos, le pidió que la matara, pero él se negó y unió su destino al de la princesa. Todos los ciervos blancos del bosque son sus descendientes.

—Muy extraña es la historia que cuentas —dijo el cazador.

—Y no por ello menos cierta —repuso el búho—. Muchos hijos tuvieron Ridalín y Diralia antes de fallecer y, sin embargo, ninguno de vosotros los había visto hasta ahora. ¿No te parece eso todavía más extraño?

—Si es verdad lo que dices, enséñame el lugar donde se encuentran.

—Haré algo mejor —respondió el búho—: Te diré dónde habita la bruja y allí irás acompañado por tus familiares, ya que es poderosa y no conviene que vayas solo. En la gruta del Monte Oscuro obtendréis respuesta.

Y levantaba ya el vuelo cuando el cazador, intrigado, le preguntó:

—¿Por qué haces esto, búho?

—Porque también un día Ridalín se negó a matarme —le contestó mientras se alejaba.

De este modo, el cazador regresó a su hogar y reunió a sus parientes. A la luz de la lumbre, les contó lo que le había dicho el búho y, sin aguardar más, todos cogieron sus armas y emprendieron camino hacia el Monte Oscuro, donde se libró una gran batalla. Cuando al fin una flecha atravesó el corazón de la bruja, esta se convirtió al instante en cenizas al tiempo que, en otro punto lejano del bosque, junto a un gran lago, los ciervos blancos recuperaban su verdadera esencia.

Se había deshecho el encantamiento y, por ello, todos se sentían muy dichosos y felices. No obstante, tanto sabían los descendientes de Ridalín y Diralia de las plantas, y tan acostumbrados estaban a vivir de ellas, que ninguno, pese a haberse roto la maldición, quiso cambiar su modo de vida.

Así pues, se juntaron en un claro del bosque, confeccionaron unas túnicas verdes, y juraron dedicar sus vidas al cuidado de los bosques y de los animales. Con ellos surgieron los primeros druidas, que como todo el mundo sabe, son los grandes conocedores y protectores de la naturaleza.

# La deuda del marajá

Hace muchos, muchísimos años, en la India existió un reino gobernado desde una preciosa ciudad rodeada de azules lagos y tornasoladas colinas. Era la llamada «Ciudad del amanecer». Muchos marajás extranjeros envidiaban y admiraban la belleza del lugar. Ansiaban conquistarla; pero era tanto el amor y el orgullo que por ella sentían sus habitantes que, todos y cada uno de ellos, estaban siempre dispuestos, sin asomo de duda, a sacrificar sus vidas para defenderla, por lo que ningún ejército invasor había conseguido nunca apropiarse de ella. La «Ciudad del amanecer», además de hermosa, era inexpugnable.

Parecería imposible que de un lugar de tales virtudes pudiera surgir infamia alguna. Sin embargo, incluso las frutas de más exquisito aspecto están expuestas a las plagas, y fue aquí, en este paradisíaco lugar, donde un día vivió el príncipe más egoísta que jamás haya existido. Su nombre, Naresh.

Naresh había sido educado en la más absoluta libertad. Jamás había sido reprendido, mucho menos castigado, y todos sus caprichos habían sido satisfechos al momento de reclamarlos. Mimado hasta el extremo, fue creciendo en la convicción de que todo lo que existía le pertenecía y debía complacer sus deseos. Así pues, Naresh no tomaba a nadie en consideración y jamás agradecía nada. Solo se preocupaba por sí mismo, despreciando a los demás en continuas ocasiones.

No obstante, a pesar de que tal actitud había creado descontento entre su pueblo, todavía este esperaba que los años y el peso de las responsabilidades hicieran madurar al joven Naresh. Pero, ya por entonces, la «Ciudad del amanecer» se mantenía en una tensa calma, como reflejaban las miradas de los súbditos al ver pasar al príncipe en aquella tarde que salía nuevamente de caza.

Indiferente a ellas, la dejó atrás acompañado de su séquito y se adentró en la jungla. Pero esta vez, Naresh iba a encontrar en ella algo más que de costumbre, algo que supondría el principio del fin de una dinastía que, durante siglos, había gobernado la «Ciudad del amanecer».

Aquel año, una gran sequía había diezmado la vida de muchos animales, por lo que la caza era escasa, no solo para los hombres, sino también para los ancestrales señores de esta tierra, los tigres. Estos, ante la falta de presas, habían comenzado a hacerse más visibles, y era precisamente a uno de ellos al que pertenecían los ojos acechantes que, tras la espesura, se habían fijado en el príncipe.

El depredador lo siguió, con calma y sigilo, y esperó a que aquel se detuviera en la vera de un río, transformado ahora en un angosto arroyo. La fiera avanzó con lentitud hasta que se situó cerca de Naresh, tan cerca que apenas tuvo que dar cuatro pasos para caer sobre él. Este no tuvo tiempo de reaccionar antes de verse muerto, y así hubiera sido de no haberse interpuesto una lanza entre las fauces del tigre y su cabeza. Aquella arma había cambiado los designios de la muerte en el último instante.

Naresh apartó al animal abatido mientras llamaba a viva voz a sus acompañantes con ira manifiesta, a la que siguieron amenazas. Estos se quedaron paralizados por el temor.

—¿Así protegéis a vuestro señor? —gritaba el príncipe—. ¡Todos recibiréis el mayor de los castigos!

Por ello, solo uno de entre los que habían presenciado la escena se atrevió a acercarse. Era un cazador, conocido entre los lugareños por su maestría y ajeno al séquito real. Sin mediar palabra, extrajo la lanza de la boca de la fiera, tras lo cual se dirigió al príncipe:

—He sido yo quien ha matado al tigre y, por tanto, me pertenece, salvo que deseéis que os lo entregue como presente.

—¡Insolente! —le contestó Naresh—. ¡Soy el príncipe de la «Ciudad del amanecer», el futuro marajá!

No solo el tigre es mío, sino también tu vida y la de todos los demás. Puedes darte por pagado al permitirte marchar. Ahora, ¡desaparece antes de que me arrepienta!

Y así lo hizo el cazador mientras el príncipe emprendía el regreso a la capital. Lo primero que ordenó al llegar a ella fue ejecutar a todos los que lo habían acompañado en aquella tarde. Ante la atónita mirada del pueblo, se cumplieron sus órdenes.

Tras aquello, pasaron siete años, al cabo de los cuales el marajá de la «Ciudad del amanecer» murió y Naresh ocupó el trono de su padre. Según era costumbre, días después de las honras fúnebres, el pueblo debía reunirse frente al palacio real para rendir homenaje al sucesor, pero el evento tuvo que aplazarse; destacamentos enemigos estaban haciendo incursiones en las fronteras del reino.

Naresh, con el fin de atajar la gravedad de la situación, había reunido a los más competentes estrategas del ejército en el salón del trono.

—Están poniéndoos a prueba, majestad —tras una breve deliberación, dijo uno de ellos con la aprobación de los demás—. Pretenden examinar vuestra reacción.

—Hay que responder con toda dureza —añadió otro.

Y en esto, las puertas del salón del trono se abrieron, lo cual provocó la cólera de Naresh; había dado orden de que, bajo ningún concepto, se le molestara. Mayor fue su furia cuando vio quién aparecía tras ellas.

—¿Un campesino? —gritó.

—No —le contradijo este—, soy un cazador, aquel que un día os salvó la vida en la jungla. Mi hijo está muy enfermo, y he acudido a vos para pediros que me ayudéis.

Naresh soltó una gran carcajada.

—Sigues siendo igual de insolente —y, tras ello, ordenó que se le diera muerte. No obstante, nadie de la guardia se atrevió a hacer algo semejante. Habían impedido el paso al cazador hasta que este les había explicado quién era, lo que había hecho y lo que necesitaba. A pesar de la mala fama del marajá, nadie esperaba una reacción como esta.

—Lo haré yo mismo —dijo furioso Naresh, y le quitó la vida.

Un gran silencio se hizo a continuación, pesado, duradero, hasta que se oyó fuera el sonido de trompetas anunciando peligro. En la «Ciudad del amanecer», todo hombre y mujer, anciano y niño, tomó las armas dispuesto a combatir. Pero un rumor como el viento circulaba ya por todas partes y, cuando el ejército invasor se presentó, encontró la ciudad vacía, sin defensa.

Así pues, los conquistadores llegaron hasta Naresh sin encontrar obstáculo alguno, tras lo cual fue apresado y conducido ante su rival. Suplicó por su vida, pero le fue denegada la clemencia. El nuevo marajá, aunque no entendía cómo había resultado tan sencillo hacerse con una ciudad hasta ahora invencible, no quería tentar a la suerte.

No obstante, más tarde quiso averiguar la razón por la que se encontró con la ciudad desierta, y obtuvo la siguiente contestación:

—No fue vuestra majestad quien mató a Naresh, sino un tigre en la jungla hace ya muchos años.

El marajá no entendió la respuesta hasta que le contaron esta historia que aún hoy en día se recuerda en aquella región.

# El vuelo de los cisnes

En una zona del norte conocida como «Tierra dormida», vivió un pastor de renos llamado Inuk. Siguiendo siempre la dirección que marcaban las estrellas, viajaba con ellos a través de las nieves buscando en verano las hierbas altas de las praderas y, en invierno, ricas zonas en líquenes para alimentar a su rebaño.

Por el camino, le gustaba detenerse a contemplar ciertas escenas que traían consigo los cambios de las estaciones y, de entre todas ellas, si tuviera que elegir, escogería la llegada de los cisnes en primavera.

Allí estaba para verlos en el momento en el que empieza esta historia. Surcando el cielo, todos juntos, comenzaban a descender hacia el gran lago que los acogía por aquellas fechas. Sin embargo, tanto Inuk como los cisnes desconocían que, este año, el deshielo se había retrasado en la región y, en ciertas zonas del lago, no había suficiente profundidad. Así que, cuando algunos de ellos extendieron sus patas pensando que el agua amortiguaría el amerizaje, en realidad se toparon con una fina capa de agua y mucho barro bajo ella, y los primeros en llegar se lastimaron.

Pero Inuk, que amaba casi tanto a estos animales como a sus queridos renos, acudió en su ayuda y les dedicó todos los cuidados mientras permaneció allí, logrando que los cisnes consiguieran recuperarse. Estos se sentían muy agradecidos, por lo que, cuando llegó la hora de partir de Inuk, le dijeron:

—Cuando regresamos al sur en otoño, la aurora boreal acude a despedirnos. En ese momento, mira al cielo y ve a donde la aurora se une con la tierra. Allí hallarás una puerta y, tras la puerta, dos escaleras. Sigue la que desciende hacia la izquierda y encontrarás algo que para los hombres es muy valioso. Este es nuestro obsequio para ti, Inuk, en reconocimiento a tus cuidados.

E Inuk emprendió la marcha sabiendo que aquel equinoccio iba a ser bien distinto de los demás. Cuanto más se acercaba el momento, más emocionado se sentía, hasta que este llegó. Al atardecer de ese día, vio a los cisnes volando hacia el sur.

—¡Buen viaje! —les deseó el pastor, y ellos le respondieron desde las alturas:

—¡Hasta el próximo año, Inuk!

Tras ellos, un arco de luz verde, brillante y danzante, se iba formando en contraste con el azul oscuro del cielo hasta que ocupó una gran parte de él. Cuando los cisnes desaparecieron de su vista, la aurora boreal tocó la tierra, y hacia allí se dirigió Inuk.

Una vez alcanzó el lugar, vio la puerta de la que le habían hablado los cisnes en la base del arco de luz, y por ella pasó. Dos escaleras de azul claro, como el hielo sobre el agua, partían desde la entrada hacia derecha e izquierda en semicírculo descendente, perdiéndose en la distancia. Inuk se sintió sobrecogido, pues flotaban sobre un vacío sombrío, un insondable abismo que semejaba no tener principio ni fin. Por un instante, titubeó; pero pensando que los cisnes no le deseaban mal alguno, sino al contrario, comenzó a bajar los peldaños de la escalera que le habían indicado.

Después de un rato, vio que esta terminaba en una explanada que también flotaba sobre aquel espacio vacío. Sobre ella había una gran cantidad de piedras de relucientes colores y distintas formas. Inuk sabía que, efectivamente, para ciertas personas estas tenían un gran valor, sin embargo, no mucho para él. Era un pastor de renos, apenas tenía contacto con el resto de los hombres, y de poco le servían en su mundo. No obstante, se dijo:

—Cogeré una, pues es un obsequio de los cisnes.

La escogió por su color, rojo intenso, ya que en las regiones del norte es muy difícil encontrar algo con esta tonalidad, y regresó contento de tener un objeto de gran belleza que le recordara aquellos días en los que cuidó de las aves.

Sin embargo, mientras ascendía, pudo ver algo que captó su atención. La otra escalera se adentraba en una espesa niebla.

—¿Qué habrá tras ella? —se preguntó.

Pero Inuk, como nada sabía acerca de aquello, prefirió no correr riesgos y cruzó la puerta saliendo al exterior. Al instante, esta se desvaneció convirtiéndose en una sombra blanca. Poco después, lo mismo sucedió con la aurora boreal.

En la noche, solo estaban ahora los renos, Inuk y las estrellas, pero a medida que transcurría el viaje hacia las praderas, el pastor más intrigado se sentía pensando en la escalera de la derecha. Contemplando la piedra roja, se dijo que, en la primavera siguiente, preguntaría a los cisnes. Y así lo hizo, aunque no obtuvo una respuesta satisfactoria:

—Lo único que sabemos —le dijeron— es que supone un largo camino repleto de peligros y trampas. Si decides bajar, recuerda siempre que toda precaución es poca.

Inuk agradeció las indicaciones a los cisnes y, pese a que después de hablar con ellos ya no estaba tan seguro de querer descubrir qué ocultaban aquellas escaleras, cuando vio abrirse de nuevo la puerta, decidió pasar por ella. No sabía muy bien la causa, pero algo dentro de él lo empujaba a ir tras el misterio.

«Recuerda siempre que toda precaución es poca», rememoró Inuk las palabras de los cisnes y, en virtud de ellas, tomó una larga cuerda antes de entrar, atando uno de sus extremos a un árbol y otro a su cintura.

—No vaya a ser que resbale y caiga al precipicio —se dijo el pastor—, o me pierda en la bruma.

De esta forma, Inuk empezó a descender, primero con pasos firmes y luego, una vez envuelto por la niebla, tanteando cada paso que daba. Al ritmo que iba, le pareció que nunca iba a conseguir llegar al final, y como tampoco podía ver la distancia que había recorrido o la que todavía faltaba por cubrir, la bajada se le hizo perpetua.

Pero después de todo, cuando la cuerda se tensó indicándole que no podía seguir sin desprenderse de ella y de la seguridad que le proporcionaba, pudo entrever la aparición de un campo en el que crecían flores y árboles que jamás había visto. Aguardó lo necesario para que la bruma volviera a ceder parte de su espesura y, entonces, verificó lo que habían intuido sus ojos.

Tan emocionado estaba que, por un momento, dudó entre desatarse y continuar o regresar más adelante amparado por una cuerda más larga, pero el consejo de los cisnes acudió nuevamente a su memoria y resolvió decantarse por la segunda opción. Así pues, dio la vuelta, ascendió y cruzó la puerta bajo el arco de la aurora boreal pensando que al año siguiente podría pisar aquel paradisíaco jardín.

Con esta imagen en mente, aguardó doce meses, al cabo de los cuales volvió a bajar los escalones. Jamás pensó que la naturaleza pudiera ser tan maravillosa y cambiante. Este lugar era tan diferente a todo lo que conocía que sintió unas ganas inmensas de quedarse allí y reposar durante un buen tiempo. Comida no le faltaría, pues los árboles eran frutales, y tantos había, de tantas especies distintas, que sería imposible cansarse. Agua tampoco, ya que un río discurría un poco más allá. Además, el ambiente era inmejorable. Sol cálido, hierba suave, fragantes flores…

Tan embargado estaba que se olvidó del resto. Ya no le interesaba, pues ni siquiera se acordaba, el enigma que le había traído hasta aquí. Solo quería tumbarse y dormir, dormir durante días, meses, años… Y así hubiera sucedido si no fuera porque en el último momento recordó a los renos y se dijo:

—No puedo hacerlo. Ellos están acostumbrados a que los guíe y, sin mí, se quedarán esperando y morirán de hambre.

A pesar del somnífero estado en el que se hallaba, Inuk se impuso y, aunque a duras penas, consiguió regresar a las escaleras. Una vez allí, sintió un alivio inmenso. No podría explicar cómo, pero entendió que, de haberse quedado en el jardín, habría caído en un sueño del que jamás hubiera despertado.

En esta ocasión, cuando dejó tras de sí la puerta de la aurora boreal, pocas ganas le quedaban de volver a atravesarla de nuevo. Acariciando a sus renos con un cariño todavía más profundo del que antes les profesaba, les dijo:

—Hoy me habéis salvado la vida —a lo que añadió—: Es mejor no buscar más aventuras de las que ya tenemos, ¿verdad?

Pero no iba resultar tan sencillo. Aquello mismo que había empujado a Inuk a adentrarse en la niebla, aquel impulso dentro de él que lo impelía a ir tras el misterio, no cesó, y a medida que se acercaba el equinoccio de otoño, ganaba más y más fuerza. Frente a la puerta, se volvió irrefrenable, e Inuk no pudo evitar dejarse llevar por él.

No obstante, como era consciente de que para avanzar más tendría que cruzar el río que atravesaba el campo, había tomado un hacha para cortar un árbol y usarlo como puente.

—Sea cual sea el efecto del agua —se dijo—, no quiero probarlo.

Y bien hacía en ser precavido, pues lo cierto es que bastaba el simple contacto con ella para que se perdiera la memoria.

De este modo, Inuk cruzó hasta la otra orilla y siguió un sendero, tras el cual apareció ante él una cueva de hielo en la que entró. Era una cavidad enorme, con numerosas estalactitas y estalagmitas por todas partes. Al cabo de un rato, en lo alto de un montículo al fondo de la misma, apareció una sombra que, poco a poco, fue adquiriendo forma.

—Soy el anciano de la noche de los tiempos —dijo haciéndose reconocible un hombre de cabello y barbas blancas—, y te doy la bienvenida, Inuk. Has recorrido un largo y peligroso camino para llegar hasta mí, avanzando a través de las nieblas de los extraviados, cruzando el jardín de los adormecidos y atravesando el río del olvido, por lo que eres merecedor de este privilegio. —Inuk, confundido como estaba, no se atrevió a hablar, así que el anciano continuó—:

»Contestaré cualquier pregunta que hagas, pues conozco todas las respuestas, pero escógela bien porque, una vez formulada, no podrás volver a verme.

Inuk no supo qué decir. Era un verdadero privilegio, cierto, pero no estaba preparado para ello; en ningún momento había imaginado que podría ser esto lo que ocultaba la escalera, y su mente se había quedado en blanco. Sin embargo, al poco, pensó en la imperiosa necesidad que le había conducido hasta esta cueva. No era capaz de comprender, al menos en este instante, la causa de su existencia, ni tampoco la razón para este desenlace. Iba a plantear impulsivamente esta cuestión cuando, en un abrir y cerrar de ojos, a ella se sumaron otras miles.

«¿Quién eres en realidad?», le gustaría pronunciar. «¿Por qué estás aquí?», «¿Qué es este lugar?»...

Sin embargo, Inuk se abstuvo de formular pregunta alguna. Era ya consciente de la trascendencia del encuentro y no quería desperdiciar esta increíble oportunidad obrando con precipitación, por lo que dijo al anciano:

—Preferiría esperar al próximo año, si fuera posible. Me gustaría tener tiempo para reflexionar.

—Mientras no formules la pregunta —le contestó este—, yo siempre estaré aquí para ti. No tienes por qué hacerlo ahora, ni el año que viene, ni el siguiente. Simplemente, cuando creas que ha llegado el momento, vuelve.

E Inuk, aunque creyó que regresaría el año venidero, lo cierto es que tardó bastante más en hacerlo, pues tenía que averiguar primero qué deseaba saber por encima de todo, descubrir en el fondo de sí mismo aquello que era lo más importante para él, y eso nunca resulta sencillo. Fueron muchas las cuestiones que se planteó pero, de entre todas ellas, una fue destacándose y, a partir de ahí, empezó a entender por qué había sentido ese fuerte impulso que lo había conducido hasta el anciano de la noche de los tiempos.

Inuk comprendió que, lo único que le preocupaba, era aclarar un interrogante que le rondaba desde su más tierna juventud, cuando había decidido ser pastor y, por ello, esta fue su pregunta:

—¿Quién es feliz? —quiso saber Inuk.

—Muchas son las respuestas a esa cuestión —contestó el anciano de la noche de los tiempos—, pero solo una las engloba a todas: aquel que ha encontrado un sentido a su vida.

E Inuk sonrió, pues con ello despejó sus dudas más profundas. Supo, sin lugar a equívocos, que no necesitaba buscar en ningún otro lugar lo que ya tenía.

Así pues, regresó junto a los renos y, guiado por las estrellas, emprendió de nuevo alegre el camino hacia las altas hierbas de las praderas. Aquel era su hogar, su vida, y él lo sabía.

# La maldición de la sirena de oro

En tiempos remotos, bajo la brisa del océano y los desiertos del lejano oriente, se escuchó durante semanas una misma frase, nunca antes ni después tan repetida.

—¡Más vale que el príncipe recupere la cordura, sino...!

Sino, lo que sucedería sería algo tan terrible que nadie se atrevía a completarla. El monarca era ya anciano y tenía un solo hijo y heredero, el único que podría impedir una guerra sangrienta por el poder tras su muerte. Pero sobre el príncipe parecía pesar una terrible maldición pues, por las noches, cubierto por una túnica oscura, abandonaba el palacio para dirigirse en solitario al desierto.

Nadie conocía la razón de esta extraña conducta, pero sí fueron muchos los que, al cruzarse con él en su salida, lo escucharon susurrar:

—Aquí está ya aguardando a que suceda lo que desean, noche tras noche, los días. Los días sueñan que son realidad. Tú y yo, sol y luna, ¿dónde te encuentras? «En la única flor que existe en el desierto», dijiste. Grande es mi dolor, pues no logro encontrarla.

Y tras decir esto, el príncipe abandonaba la ciudad y se perdía en la distancia hasta la mañana siguiente. Pero un día no regresó. Se organizaron batidas para encontrarlo, se avisó a todas las caravanas de mercaderes, a los habitantes de los oasis, a los reinos vecinos; pero no se volvió a saber nunca nada de él y, a la muerte del soberano, estalló la tan temida guerra.

Fueron tiempos difíciles, en los que muchos murieron hasta que un nuevo rey se sentó en el trono. Con él regresó la paz, pero los años transcurrieron y también él tuvo un único descendiente que, curiosamente, repitió el proceder del príncipe anterior.

No obstante, esta vez alguien se interpondría para evitar idéntico desenlace, alguien con nombre de mujer, Iráia.

Iráia era una sirvienta de palacio muy hermosa. Tenía muchos pretendientes, pero ni sus ojos ni menos su corazón se habían fijado nunca en alguno de ellos, pues pertenecían a otro hombre.

Nadie puede elegir de quién se enamora, ya que en esto es único dueño y señor el corazón, y él nada sabe de las complejidades y costumbres humanas. Solo ve personas y, en su simplicidad, no distingue entre príncipes o criados, aunque ello pueda acarrear, como en este caso, un profundo sufrimiento.

E Iráia, como no podía evitar sentir lo que sentía por el príncipe, estaba muy preocupada por él, pues sabía la suerte que había corrido el pretérito y, aunque jamás pudiera tenerlo, deseaba salvarlo, así que todas las noches comenzó a seguirlo en la distancia. Nada pudo descubrir.

El príncipe recitaba aquellas palabras, abandonaba la ciudad, se internaba en el desierto y, levantando el nuevo día, regresaba sin haber hablado con nadie, sin haberse dirigido a ningún lugar concreto…

Tras varias noches, Iráia consideró que si algo le producía esta afección, su origen debía hallarse en el propio palacio, y decidió confirmarlo. Al atardecer, con la excusa de limpiar los suelos y los elementos decorativos del pasillo, permaneció frente a la alcoba del príncipe hasta que la puerta de la misma se abrió.

Este salió y bajó unas escaleras que conducían a una sala donde se guardaban las últimas adquisiciones realizadas para el palacio. Presionó un resorte oculto en la pared y un pasadizo secreto dejó de serlo, al menos para Iráia, quien aguardó a que el príncipe regresara.

Una vez lo hizo, y tras esperar a que se alejara lo suficiente, Iráia repitió el proceso y avanzó a lo largo de un corredor hasta encontrarse frente a una cortina que ocultaba el acceso a otra estancia. La inspeccionó, pero en ella solo había una estatua de oro sobre un pedestal. Era la efigie de una mujer con cola de pez, una sirena.

—No lo entiendo —dijo Iráia retornando hacia la salida.

—¿Quién eres tú? —interrumpió repentinamente una voz femenina. Iráia se volvió y, con gran sorpresa, comprobó que la estatua ¡estaba hablando!—. ¿Qué haces aquí?

Medio confundida por la impresión, medio asustada, contestó con la verdad, aunque tan pronto pronunciaba las palabras ya se estaba arrepintiendo; las consecuencias de su intrusión podrían ser funestas si alguien llegara a saberlo.

—Soy Iráia, e intento averiguar por qué el príncipe Sina se comporta de una forma tan extraña.

—Has entrado en un lugar vedado —dijo la estatua— y, si te descubren, seguramente te arrebatarán la vida. Lo sabes, ¿verdad?

—Sí —reconoció Iráia con un débil soplo de voz.

—Y aun así te has arriesgado. ¿Por qué? —preguntó la sirena de oro.

—Porque… porque amo al príncipe.

La estatua guardó silencio un momento antes de preguntar:

—¿Tanto como para arriesgar dos veces la vida?

—Sí, si fuera necesario —respondió la muchacha.

—¡Cuida tus palabras! —la avisó la sirena—, no vaya a ser que se conviertan en realidad…

—Todo lo que pudiera hacer por él, lo haría —reafirmó Iráia—, no tengo miedo de admitirlo.

—Entonces te contaré una historia que sin duda te interesará, pues da explicación a eso tú llamas «comportamiento extraño»:

»El anterior príncipe regresaba de un viaje por mar cuando me vio sobre una roca. Mandó capturarme y me trajo a este palacio contra mi voluntad. Le advertí que era una princesa del mar y, si seguía manteniéndome cautiva, lanzaría contra él y contra todos los que le sucedieran una terrible maldición, pero aun así se negó a liberarme, por lo que lo condené a vagar en la oscuridad de la noche por el desierto, buscando a una mujer que jamás encontraría, y eso lo haría ser infeliz para siempre.

»El coste que tuve que pagar por maldecirlo fue convertirme en una estatua de oro, aunque poco me importó, pues de todas formas iba a ser su prisionera. Y con esto se esclarece el misterio.

—¡Pero Sina no es responsable de tu cautiverio! —lo disculpó Iráia.

—Ni yo tampoco, pero sigo aquí —le respondió la estatua.

—¿Y si te devolviera al mar? —propuso la muchacha.

—Eso no bastaría. Para romper la maldición tendrías que venir conmigo, renunciar a tu vida y aceptar en cambio ser una sirena. Si lo haces, el príncipe se adentrará durante trescientas sesenta y siete noches en el océano en vez de en el desierto. Se ahogará, y solo entonces tú podrás sacarlo del agua y reanimarlo. Cumplido el plazo, será libre.

—Y mi nuevo hogar será el mar —dijo Iráia con honda tristeza—. No volveré a verlo.

—Así es —confirmó la estatua—. Piénsalo bien, pues si aceptas, ya no habrá vuelta atrás.

Iráia bajó la mirada con numerosas lágrimas resbalando por sus mejillas.

—No es necesario pensarlo. Lo haré.

Al instante, la sirena de oro entonó un canto, tras lo cual dijo:

—Ahora nadie podrá vernos hasta llegar a la playa, así que ¡cumple con tu parte!

E Iráia así lo hizo. Abandonó el palacio y llevó a la princesa al océano. Una vez allí, esta le ordenó adentrarse en él y, al poco, ambas se transformaron en sirenas, desapareciendo bajo las olas del mar.

A la noche siguiente, el príncipe Sina, llevado por el giro en la maldición, penetró en el mar y perdió el conocimiento tras haberse llenado sus pulmones de agua. En ese mismo instante, apareció Iráia para llevarlo a la orilla y reanimarlo. Después, ella desapareció.

Esto mismo se repitió durante las trescientas sesenta y siete noches, al cabo de las cuales, el príncipe fue liberado de la maldición. Sin embargo, aunque Iráia no volvió a acercarse a aquel lugar, pues la sumía en la más oscura amargura, Sina continuó yendo a la misma playa, donde pasaba las noches contemplando el océano.

Durante varias semanas, se repitió la misma escena y, entonces, la princesa del mar se presentó ante él. Sina acudió junto a ella, sin embargo, en cuanto vio su rostro, perdió el interés.

—¿Qué buscas aquí, príncipe? —preguntó la princesa del mar.

—No lo sé —respondió él—. Tal vez un sueño, pues solo en ellos me encuentro con ella.

—¿Qué sueño es ese? —preguntó intrigada la princesa.

—Que estoy aquí mismo, muerto en la arena. Pero cuando ella me besa, recupero la vida. Es algo que se repite constantemente en mis sueños. Es tan real…

—Tal vez lo fue —dijo la princesa ante el desconcierto de Sina y, a continuación, esta describió a Iráia.

—¡Sí, es ella! —exclamó él.

La princesa del mar estaba notablemente sorprendida; era imposible que el príncipe pudiera acordarse, ya que estaba bajo el influjo de la maldición y, al disiparse, también con ella debería haberse borrado todo recuerdo. A la mente de la princesa acudió un pensamiento, pero con rapidez desapareció al rememorar todos aquellos años encerrada en los bajos del palacio, así que con rencor dijo al príncipe:

—Olvídala. Esa mujer murió hace algo más de un año.

Pero, a pesar de tan triste noticia, el príncipe Sina continuó yendo a la playa todas las noches. Iba abatido, pues no podía impedir estar enamorado, aunque fuese de un sueño. El amor no entiende de distinciones y, si es profundo, tampoco conoce el tiempo.

Y así pasaron otras trescientas sesenta y siete noches desde que se rompiera la maldición, momento en el que Iráia, pese a su dolor, quiso visitar el lugar donde había visto por última vez al príncipe. Sus miradas se cruzaron, numerosas lágrimas cayeron sobre el agua y, al instante, Iráia recuperó su forma humana.

Desde aquella noche, jamás se separaron, pues cuando dos almas se buscan y se encuentran, ya no son dos, sino una sola. Y aquello que queda unido por el amor, ya nunca podrá olvidarse.

# El carpintero sin suerte

—Soy un hombre sin suerte. Todo me sale mal —decía Tobías el carpintero siempre, al llegar a su casa.

Verdaderamente, su vida había sido difícil, y así seguía siendo. Tenía dos hijos y los dos estaban enfermos, por lo que no podían ayudarlo en la carpintería. Mantenerlos a ellos, a su mujer y a sí mismo solo con sus manos, cada vez era más complicado. Como se encontraba triste y angustiado, trabajaba con menos ilusión que antes y, por tanto, menos encargos era capaz de satisfacer.

—Soy un hombre sin suerte. Todo me sale mal —volvió a decir este día.

Sin embargo, Tobías desconocía que, en su casa, habitaban unos diminutos duendecillos llamados tags. Estos duermen durante el día y, por la noche, cuando los hombres descansan, salen de sus escondites y se dedican, generalmente, a realizar travesuras. Pero no siempre es así. Los tags también tienen buen corazón, y les gusta ayudar a quienes conviven con ellos, si es que lo necesitan.

Así pues, los tags, conocedores del mal momento que atravesaba el carpintero, se dijeron:

—Acabemos nosotros su trabajo. Seguro que así será un poco más feliz.

Dicho y hecho. Produciendo un leve sonido, casi imperceptible, salieron con sus cascabeles colgando de sus gorros, bajaron al taller y remataron los muebles que habían quedado sin terminar. Poco antes del amanecer, satisfechos por su buena obra, regresaron a sus escondrijos.

Cuando Tobías entró en la carpintería, no podía creer lo que veían sus ojos. Estaba convencido de que, el día anterior, todo aquel mobiliario estaba pendiente de finalización. Después de comprobar que aquello no era un ensueño fruto de la desesperación, se dijo:

—Tan cansado estoy, que ya pierdo la noción de la realidad.

Esa jornada trabajó con renovadas energías y, al volver a su casa, en vez de pronunciar la frase que acostumbraba, dio un beso a su mujer y otro a sus hijos. Los tags, que habían estado pendientes de su reacción, sonrieron.

Por la noche, de nuevo, los duendecillos fueron al taller y actuaron con el mismo empeño. Así lo hicieron durante dos semanas, a lo largo de las cuales Tobías recibió más y más encargos, pues comenzó a correr la voz de que era el carpintero que más rápido y mejor moldeaba la madera.

De esta forma, el ambiente en su hogar había cambiado sustancialmente: reinaba la alegría y el optimismo.

No obstante, ante la bonanza, Tobías empezó a dejar de lado sus tareas y a gandulear. Muchos tags estaban disgustados por su actitud, pero por el momento decidieron continuar.

—Nunca ha tenido un descanso —se dijeron los duendecillos—. Dejémoslo disfrutar.

Pero pasaron dos meses y Tobías no se dedicaba a otra cosa más que a holgazanear. Solo iba a la carpintería para entregar los pedidos y cobrar por un trabajo que él no había realizado, sin preguntarse siquiera cómo era esto posible.

A causa de ello, los tags se enfadaron muchísimo y, contrariados, abandonaron la casa del carpintero. A la mañana siguiente, cuando este entró en el taller, un escalofrío recorrió su cuerpo; los clientes no tardarían en llegar y no había ni una sola tabla cortada. Intentó poner remedio a la situación, pero era demasiado el trabajo a realizar en tan poco tiempo, así que no pudo evitar que la gente se fuera decepcionada.

Paulatinamente, fue perdiendo la fama que había ganado hasta que se vio de nuevo sumido en el desánimo, momento en el que exclamó:

—¡Pobre de mí! La suerte nunca me ha sido favorable.

Pero lo cierto es que, a la «suerte», también hay que cuidarla.

# El cofre de lo náufragos

*Cuaderno de bitácora de Harald*, capitán del barco Lobo de Mar.

Sufrimos grandes desperfectos tras la tempestad de ayer, pero tuvimos suerte. Nuestro buen barco resistió y conseguimos mantenernos a flote. Sin embargo, otros no fueron tan afortunados. Al mediodía, recogimos a dos náufragos maltrechos que, agarrados a un cofre, iban a la deriva. Vestían ropas extrañas, lo que nos hizo pensar que provenían de un país lejano pero, exhaustos como estaban, poco pudieron decir más que su nave había ido a parar al fondo del mar. Hoy, son ellos y las reparaciones los que nos mantienen ocupados.

Si todo sale bien, y podemos aprovechar completamente el viento favorable que sopla desde popa, en pocos días podremos llegar al fin a puerto, a nuestro hogar, después de tanto tiempo surcando la inmensidad del océano…

Estaba Harald escribiendo estas últimas palabras cuando un marinero irrumpió en el camarote.

—¡Rápido, capitán! —exclamó—. ¡Uno de los náufragos ha muerto, y el otro llama por vos! ¡No creo que aguante mucho más!

Harald siguió con premura al marinero hasta el compartimento donde aquellos habían sido alojados, e iban a entrar los dos cuando, el moribundo, pidió estar en compañía únicamente del capitán.

—¿Qué puedo hacer? —le preguntó Harald viendo escapar la vida de aquel hombre.

—¡Poner la mayor atención en lo que os voy a decir! —le contestó—. El cofre es mágico. Os concederá lo que le pidáis, pero nunca, ¡escuchadme bien!, ¡nunca abráis la trampilla interior!

El capitán, aunque profundamente extrañado, iba a preguntar el porqué de esta advertencia pero no hubo tiempo; el náufrago falleció en aquel mismo instante. Harald, deseándole un buen descanso, cubrió sus ojos. Tras ello, miró para el cofre.

Era de lo más curioso, pues parecía muy antiguo, pero no podía serlo; su estado de conservación era perfecto. Se acercó a él y lo abrió. Estaba vacío y, en el fondo, efectivamente, había una trampilla. Se quedó mirando fijamente para ella, preguntándose si todo lo que había dicho el náufrago sería un desvarío. Cerró la tapa del cofre y dijo:

—Solo hay una forma de averiguarlo. Necesitaríamos una vela nueva para evitar más reparaciones.

La abrió de nuevo y…

—¡No puede ser! —exclamó. ¡Había aparecido!

Harald llamó a varios marineros para que lo ayudaran a desplegarla. Resultó ser perfecta en tamaño y proporciones.

—Entonces, es cierto —se asombró el capitán diciendo para sí.

Según tradición funeraria por aquella entonces, los náufragos fueron arrojados al mar envueltos en un sudario mientras el resto de los marinos entonaba canciones de despedida. Días más tarde, el Lobo de Mar arribaba a la isla de Croma, patria de sus tripulantes.

Nada más llegar a casa, el capitán enseñó el cofre a su esposa y le mostró lo que se podía hacer con él. Pidió joyas, y repleto de ellas quedó. Rubís, esmeraldas, diamantes, perlas, amatistas, jades, zafiros…

—¡Es extraordinario! —dijo ella.

—Sí, aunque hay algo más que debes saber —añadió Harald, y le explicó que, en el fondo de este baúl mágico, había una trampilla que no debía abrirse, pues así se lo había indicado el náufrago a quien había pertenecido.

—¿No te corroe la curiosidad? —preguntó ella intrigada—. ¿Qué ocultará?

Pero Harald, como todo aquel que se ha enfrentado a mil peligros, era un hombre prudente y respondió:

—¿Para qué arriesgarnos si, teniendo el cofre, podemos conseguir todo aquello que queramos?

—Tienes razón —coincidió su esposa. Y ambos se olvidaron de la trampilla y disfrutaron de una vida apacible y próspera.

Sin embargo, como toda vida, también la de Harald hubo de llegar a su fin y, antes de morir, repartió su fortuna entre sus hijos, reservando para el más querido entre ellos la herencia del baúl mágico, a quien le explicó el poder que lo caracterizaba.

—Pero he de repetir lo que un día me fue dicho a mí —resaltó Harald—. Ten en cuenta que un moribundo, en sus últimos momentos, en lo único que pensó fue en advertirme acerca de la trampilla. No sé lo que hay bajo ella pero, sin duda, debe ocultar algo muy peligroso. Haz como tus padres, hijo mío: sé prudente, disfruta de los dones que te han sido concedidos y no cedas ante la curiosidad.

El hijo siguió el consejo y, valiéndose del cofre, costeó la construcción de un majestuoso palacio, en el que celebró infinidad de festejos. Su vida era incluso mejor que la de los reyes, ya que era más rico que ellos y no tenía preocupación alguna.

Sin embargo, transcurridos unos años empezó a sentirse aburrido, pues al no tener necesidad de trabajar y pasar, en consecuencia, los días ocioso, cada vez le era más difícil encontrar algo que lo entretuviera, así que una tarde, casi más por tedio que por curiosidad, decidió resolver el misterio que encerraba el cofre.

—Pero para eso tendré que prepararme —se dijo. Y, de este modo, comenzó a planear la mejor manera de hacerlo, ocupando en ello su tiempo—.

»Si es un animal, una fiera o un monstruo lo que esconde la trampilla, necesitaré armas. —Y pidió al cofre una espada, una armadura y un escudo indestructibles—.

»Si es un gas o un líquido venenoso, será necesario un antídoto. —Y solicitó todos los antídotos que existían para todos los males—.

»Si es una maldición o hechizo, preciso será un conjuro de anulación. —Y el cofre se lo dio.

Así pues, creyendo estar preparado, levantó la trampilla del cofre y, al instante, sus ojos se enfrentaron con otros. Sin todavía saber bien lo que había visto, quedó convertido en piedra.

¿Historia, leyenda o realidad? Difícil es de decir, porque la isla de Croma jamás se incluyó en mapa alguno. Solo pervive en relatos de viejos marinos que cuentan esta historia. Según estos, existe una isla repleta de estatuas donde se oculta un gran tesoro de la antigüedad, el cofre de Eláh, protegido por un temible guardián liberado de su cautiverio.

Hay quien todavía lo busca, y quizá quien lo haya encontrado, pero en cualquier caso, lo cierto es que su paradero todavía hoy sigue siendo un secreto escondido en algún lugar desconocido.

# Las estrellas capturadas

—¡Mamá, mamá! —entró Luisito gritando en la cocina.

—¿Qué ocurre, tesoro? —le preguntó su madre.

—¡Mira!, ¡he atrapado una estrella!

—¿De verdad? —dijo ella sonriendo—. A ver, enséñamela.

Y la madre, que pensaba que su hijo estaba fantaseando, se preparó para ver cualquier cosa menos aquello. Luisito abrió su mano y, en la palma, ¡había una estrella!

—Pero, ¿cómo es posible? —se preguntó asombrada. Allí estaba aquel diminuto punto de luz, brillando sobre la piel del niño.

—No lo sé —dijo Luisito—. Alargué la mano, cerré los dedos y la cogí.

—Hazlo de nuevo —le pidió su madre.

Acto seguido, el niño salió al jardín y repitió el proceso. Ahora ya eran dos las estrellas que faltaban en el cielo. En ese preciso instante, el padre de Luisito llegaba a casa, y a su encuentro salió su mujer.

—¡Querido, querido! —gritó ella alterada—. ¡Ricos, vamos a ser ricos!

—¿Por qué? —preguntó él confundido—. ¿Qué ha pasado?

Y ella le enseñó lo que Luisito era capaz de hacer.

—¿Lo has intentado tú también? —preguntó el marido a su esposa.

—La verdad es que no —respondió ella.

—Pues probemos.

Pero ni uno ni otro lograron nada. No obstante, pensaron que aunque ellos no pudieran capturar estrellas, tal vez otros sí, por lo que el padre le dijo a su hijo:

—¡Rápido, Luisito, cógelas todas!

Y el niño pasó toda aquella noche recogiendo estrellas hasta que no quedó ni una sola en el firmamento. Al día siguiente, como habían creído que sucedería, sus padres las vendieron con facilidad y, dado que la gente pagaba grandes sumas por ellas, se enriquecieron.

Sin embargo, Luisito pronto se arrepintió de haberles comentado lo que podía hacer, pues le encantaba contemplar las estrellas antes de quedarse dormido. Pero ahora eso era imposible, puesto que las noches eran oscuras, y el cielo un triste espacio vacío.

—¡Ojalá pudiera volver atrás! —se dijo el niño.

Y como él pensaba el resto de los hombres. Todos echaban en falta aquella maravilla de la naturaleza, pero ninguno de los que habían comprado las estrellas se decidía a devolverlas a su sitio.

—Me han costado mucho —decían unos.

—Si los demás no lo hacen, yo tampoco —argumentaban otros.

Todos deseaban que esta situación cambiara, pero nadie hacía nada para remediarlo. Así, cada uno con sus razones, fue como los hombres dejaron el cielo sin estrellas.

Y como esta, suceden otras muchas cosas en el mundo…

# La biblioteca de Alejandría

Inarus era ya anciano cuando asumió la gran responsabilidad de gestionar la mayor biblioteca de la antigüedad. Había pasado en ella prácticamente toda su vida, estudiando los bastos conocimientos que entre sus muros se guardaban. El propio olor de los pergaminos y papiros manuscritos se había impregnado de tal forma en él, que ya constituía parte de su esencia; y las letras impresas en ellos, de su pensamiento.

Sin embargo, cierto día apareció muy preocupado entre los bancos y las mesas de estudio.

—La biblioteca está vacía... La biblioteca está vacía —repetía.

—Maestro, ¿qué sucede? —preguntó turbado uno de los eruditos que por allí estaban.

—Mira a tu alrededor —le indicó Inarus—. ¿Qué ves?

—Estantes repletos de sublime erudición.

—¿Y más concretamente?

—Tratados de historia, filosofía, geografía, matemáticas, física, geometría, astronomía, biología, medicina, ingeniería, escritos por los hombres más ilustres que habitaron el mundo.

—Lo que yo decía. La biblioteca está vacía.

Y tal como lo dijo, sin prestar la menor atención a la mirada atónita de los presentes, continuó caminando meditabundo hacia la salida. Una vez en el exterior, entre el ruido del ir y venir de los habitantes de la ciudad más grande de su tiempo, bajo el maravilloso faro que, desde lo alto, iluminaba el mundo, se detuvo a reflexionar.

—¡Cuán equivocado he estado durante tantos años! —se dijo Inarus—. El hombre, si no es la medida del universo, sí lo es al menos de los conocimientos adquiridos por él, y la biblioteca está repleta de todas las ramas del saber, pero nada contiene sobre aquel que las estudia.

»Sin duda, carecemos de lo más importante para el ser humano, que es su experiencia y aprendizaje acerca de la propia vida y, en este sentido, cada hombre es único. Nadie ha vivido exactamente igual que otro y, por tanto, con los muertos olvidados quedan también sus conocimientos irrepetibles.

»Pero, ¿mediante qué formula podría pedir a los demás que plasmaran sus pensamientos más íntimos, las experiencias que los marcaron, los recuerdos que nunca olvidarán, aquello que solo transmiten a sus hijos, maridos o esposas, o incluso aquello que se llevan a la tumba? Se negarán a contarme confidencia alguna...

Y en este estado, Inarus siguió reflexionando en silencio hasta que exclamó:

—¡Pues claro!

Dicho esto, puso en marcha un extraño proyecto con una primera medida, la cual consistió en colocar carteles por la ciudad en los que explicaba su particular propuesta. Así decía:

> Escribe sobre aquello que es importante en tu vida y depositalo en el cajón que hay debajo del cartel. No importa si firmas desde el anonimato, con iniciales, seudónimo o nombre propio, pues lo realmente significativo es lo que lo dejes grabado para que otros puedan valerse de él.

No obstante, muy pocos entendieron la razón por la cual sería valioso contribuir a esta extravagante actividad, y menos aún los que, a pesar de comprenderla, se atrevieron finalmente a hacerlo, por lo que hacia el final de sus días, Inarus no pudo leer más que unas decenas de manuscritos.

Pero con todo y con eso, fue suficiente para darse cuenta de que aquella idea había sido un gran acierto. Comprobó que los miedos de las personas, sus pensamientos más recónditos, sus secretos más inconfesables, sus gustos, pasiones y odios, sus sueños y deseos, dolores y sufrimientos, eran compartidos también por otros; y le sirvió para conocer algo que la biblioteca de Alejandría no le había dado hasta ahora, para comprender que, a pesar de las diferencias, los seres humanos no son tan distintos entre sí, y también que no están tan solos como creen.

Tras su muerte, otros leyeron lo que había sido escrito y, como él, entendieron su gran valor. Por ello, decidieron continuar la labor y, poco a poco, el volumen de los textos fue creciendo y también el interés de la gente hacia ellos.

No obstante, nada quedó para recordar esta historia, ya que poco después la biblioteca de Alejandría fue arrasada por las llamas. Mucho se perdió en aquel incendio, y escaso lo que se pudo rescatar.

Sin embargo, todavía en Alejandría se dice que, en algún lugar, se guardó parte de aquello que se da por perdido, en una biblioteca oculta que algunos buscan... Grande sin duda sería su descubrimiento, pero no mayor que el más importante legado que dejó Inarus: el nacimiento de la literatura.

# — MÁS LIBROS —
de Miguel Ángel Villar Pinto

villarpinto.com
facebook.com/villarpinto
twitter.com/villarpinto

www.ingramcontent.com/pod-product-compliance
Ingram Content Group UK Ltd.
Pitfield, Milton Keynes, MK11 3LW, UK
UKHW041828200726
13854UKWH00002BA/883